ESCALERA HACIA EL SER

Iniciación en el Infierno

Celeida Bermúdez

ESCALERA HACIA EL SER

Iniciación en el Infierno

Compre este libro en línea visitando www.trafford.com
o por correo electrónico escribiendo a orders@trafford.com

La gran mayoría de los títulos de Trafford Publishing también
están disponibles en las principales tiendas de libros en línea.

Impreso en Victoria, BC, Canadá.

ISBN: 978-1-4269-0957-3

*Nuestra misión es ofrecer eficientemente el mejor y más exhaustivo servicio de
publicación de libros en el mundo, facilitando el éxito de cada autor. Para conocer
más acerca de cómo publicar su libro a su manera y hacerlo disponible alrededor del
mundo, visítenos en la dirección www.trafford.com*

Trafford rev. 04/26/2010

www.trafford.com

Para Norteamérica y el mundo entero
llamadas sin cargo: 1 888 232 4444 (USA & Canadá)
teléfono: 250 383 6864 ♦ fax: 812 355 4082

A los elegidos:

Quienes suben la escalera que los conduce a la luz del Ser, buscan la felicidad y descifran símbolos, descubren misterios, resuelven problemas y superan pruebas peldaño a peldaño, mientras van, en ascenso diario, sobreponiéndose a la montaña de adversidades.

¡Gracias Dios por inspirarme!
¡Gracias Jorge por motivarme!
¡Gracias Iraida por tu amistad y comprensión!
¡Gracias Cuauhtémoc, por tus sugerencias!

CONTENIDO

PRÓLOGO

"Creó, pues, Dios al Ser Humano a imagen suya. A imagen de Dios le creó, macho y hembra los creó"
(Génesis 1,27)

Atravesando el pasillo bordeado por hermosos setos preñados de ramilletes de ixoras enanas, Paco, absorto en sus pensamientos, saca una navaja y corta un manojo sonriendo – Le van a gustar – Piensa mientras se acerca al viejo Mercedes Benz estacionado frente a la casa. Ve a su hija venir de regreso:

- Ya te esperan en el carro, dejé sus maletas atrás.

Adentro encuentra muy acomodados a los cinco niños: el mayor y el menor en el asiento delantero, los gemelos en cada puerta del asiento trasero con el que les sigue en medio de ambos:

- Solo así puedes estar sin pelear con tu hermano menor – Le dice a Hourus y dirigiéndose al más pequeño, confinado entre él y su hermano mayor, dice:

- Ahora si podremos viajar tranquilos.

- ¡Abuelito! ¡Abuelito! ¡Cuéntanos una historia! – pide el mayor de los niños.

13

- Ahora no, Jheshua, mis historias no se entienden, vamos a ver a la abuela... Ella es la que narra historias... Vamos a ver que nos cuenta ahora, porque se cayó de la escalera y se rompió una pierna...

- ¿Es muy alta la escalera? – pregunta Hourus.

- Solo de cuatro peldaños... Pero subió a regar unas plantas y resbaló sobre un matero, ¡Gracias a Dios que los ángeles la atajaron!

- ¿Los ángeles? ¿Y acaso los ángeles existen? – pregunta asombrado el menor de los hermanos y el abuelo responde:

- ¡Claro, José Ángel!... Solo que hay que aprender a verlos.

- ¿Dónde podemos encontrarlos? ¿Cómo podremos verlos? - Indaga uno de los gemelos.

- ¡En nuestro hermoso planeta, Abraham! Donde vemos montañas, bosques y valles cargados de flores; ríos y animales que adornan el paisaje ¡Aquí mismo! Aquí hay seres sutiles que, creados a imagen y semejanza de Dios, viven en armonía con la Naturaleza y sus similares. Producen la belleza del mundo que nos rodea. Construyen jardines y parques, sitios para la sana recreación de las familias. Aman La Naturaleza y la cuidan. Transforman desechos contaminantes en materiales

14

útiles no degradantes del ambiente. Hacen todo cuanto les es posible por ayudar a otros. Crean asilos para los desprotegidos. ¡Hasta tienen la misma profesión que El Gran Arquitecto del Universo! ¡Los hay excelentes! Respetan la Naturaleza al armonizar sus obras con Ella ¡ Cuidan este Edén construido para nosotros!... Ellos hacen cuanto es posible para mejorar la calidad de vida en La Tierra ¡No perciben la fealdad, la maldad ni la mentira! ¡No acusan, no juzgan ni condenan!

- Y... ¿Cómo son los ángeles? – Pregunta el otro gemelo.

- Son seres felices y llenos de amor, Aarón. En cada situación adversa ven una oportunidad de superarse que los hace competir contra sus limitaciones y no contra los demás. Cada problema al cual se enfrentan es un peldaño que señala el ascenso hacia su realización. A veces son llamados ángeles; pero la gran mayoría de estos seres son llamados ¡Madres! ¡Hermanos! ¡Amigos! ¡Padres! ¡Abuelos! O simplemente... ¡Buenos ciudadanos!

- ¿Cómo podemos darnos cuenta de que son ángeles?

- Porque su dinamismo, creatividad y energía se multiplican ante la adversidad. No se aburren y siempre tienen algo bueno que hacer.

- ¿Cómo qué? – Pregunta Hourus.

- Como preparar alimentos para acabar con el hambre... Compartir lo que tienen con los que menos tienen... Curar a los enfermos... Aliviar el dolor de los afligidos... Visitar a los encarcelados y llevarles un consuelo para que se regeneren y mejoren sus actuaciones...

- ¿Eso lo hacen los ángeles? – Dice asombrado Abraham.

- ¡Claro mi amor! – Responde Abuelo.

- ¿No se aburren? ¿Y qué hacen para no aburrirse? – Pregunta Hourus – Yo me aburro fácilmente.

- ¿Juegan Wii? – Consulta José Ángel.

- ¿Van al cyber? – Indaga Jheshua

- ¿Tienen computadoras?

- ¿Mascotas virtuales?

Preguntan todos al mismo tiempo y el abuelo les responde:

- Su vida transcurre en una batalla continua contra las dificultades y esa lucha les garantiza el equilibrio necesario para vivir en paz.

- ¿Qué edad tienen? A los niños a veces les dicen angelitos, hay muchas imágenes de angelitos.

- No tienen edad y no importa cual sea, entre ellos hay: Hombres, Mujeres, Niños y Ancianos. Ahora, ustedes actuarán como los ángeles y ayudarán a la abuela a regar las plantas ya que, por ahora, ella no puede jugar con ustedes... Aprovechen que tampoco puede trabajar para que les cuente una historia.

- ¿Qué tipo de historia podrá contarnos? - Pregunta José Ángel - ¿De comiquitas?

- No, de los niños que se deben bañar antes de oír historias ¿Acaso ya se bañaron? El único que lo hizo fui yo. – Dice Hourus - Están apestosos y Abuela no les contará nada.

- ¡Pues si les contará historias! Ella dijo que los llevara para contarles buenos cuentos. – Dice Paco.

- ¡Nos dirá cómo bañarnos! ¡Como limpiarnos las orejas! ¡Como cepillarnos los dientes! – Dice Jose.

- ¡No! ¡Ella contará buenas historias!

- ¿De la escalera que la lanzó al suelo?

¡Ja! ¡Ja! ¡Ja! – Ríe el abuelo - ¡Qué ocurrencia!... ¡Pídanle que les cuente esa historia!... Pero no deben reírse porque a la abuela le duele mucho la pierna... Y ahora, cuando lleguemos, irán todos a bañarse y cambiarse, ya que pasaremos con ella varios días y ustedes no se han bañado y están muy sudados. ¡Tienen que parecer unos angelitos!

- Entonces que nos cuente una historia de ángeles…

- Y… ¡De diablos!...

- Y de… ¿Dios también existe?... ¿También podemos verlo? ¿Cómo lo podremos ver? - Se asombra Jheshua – Y si existe ¿Por qué hay cosas malas?

- ¿Cómo y dónde podremos buscarlo?- Indaga Abraham

- Para verlo, encontrarlo, es Él quien lo decide. Debemos portarnos bien. – Aconseja Abuelo.

- ¿Y si no nos quiere recibir? ¿Si se fastidia con nosotros? - Interroga Aarón.

- Su Amor es tan grande que siempre nos señala El Camino que conduce a Su Gracia.

- ¿Es fácil llegar a Él? - Pregunta Hourus.

- Sí es fácil, pero la gente no oye cuando son llamados. Él nos llama a todos… Pero solo personas muy especiales llegan hasta Él… ¡Los llaman los elegidos! ¡Porque son los que eligen buscarlo!...

- ¿Y si los que no lo siguen es porque no saben como hacerlo? A lo mejor es que no entienden su lenguaje, o no saben donde encontrarlo. – Asegura Jheshua.

- Bueno, para que podamos encontrarlo, a veces usa métodos que no comprendemos ni nos gustan.
- Y entonces… ¿Qué debemos hacer?- Indaga Aarón.
- ¡Solo debemos dejarnos guiar por Él!
- ¿En cuál carro nos llevará?... ¿En el tractor? - pregunta José Ángel.
- No, el tractor está descompuesto – Responde Hourus.

El abuelo sonríe por las ocurrencias de los niños. Ellos siguen haciendo todo tipo de preguntas mientras el abuelo se ríe de las respuestas que inventan…

Al llegar a la casa de la abuela, los empuja suavemente hacia el patio lateral donde están los vestuarios de la piscina para que vayan a bañarse; ellos salen corriendo…

Paco toma una carrucha y se devuelve, llama a uno de los peones y va a buscar las maletas con la ropa de los niños, que acomodara su hija. Espera que estén duchados y listos y entran a la casa.

"Y Dios impuso al Hombre este mandamiento: De cualquier árbol del jardín puedes comer, más del árbol de la Ciencia del bien y del mal no, porque el día que comieres de él morirás sin remedio" (Génesis 2; 16, 17)

A la abuela la encuentran en el patio trasero de la casa de la hacienda: medio dormida en la silla de ruedas, debajo de la pérgola cubierta de trinitarias, donde tantas veces ha jugado con sus nietos...

Se despierta con los abrazos y besos de los niños y empujándole suavemente la silla, el abuelo la conduce a la casa.

Se sientan a su alrededor en el pretil de juegos al lado del comedor informal, en ese desnivel del piso a unos cuarenta centímetros... Ella apoya la pierna.

- ¿Te duele mucho Abuelita? – Dice el más pequeñito dándole un beso al yeso.

- Ya no, ese beso me quita todos los dolores.

- ¿Te molesta el yeso? A mi me pusieron uno en el brazo y ahí tengo las firmas de todos mis compañeros que guardé ¿Puedo escribir algo en el tuyo?

- Lo que tú quieras Jheshua.

Aarón saca un bolígrafo de su morral y le dibuja una serie de figuras a las cuales va poniendo nombres:

- Tú eres la abuela cuenta cuentos, y tu serás un sudoku para que la abuela se distraiga. Tú te llamarás "Cotufa" porque te pareces al perrito de aquí y a ti te llamaré...

Es interrumpido por Abraham quien le quita el bolígrafo con un forcejeo y dibuja una flecha que atraviesa un corazón, Jheshua le escribe: "Que te mejores rápido para que siembres las flores que te trajimos".

- ¿Todavía tienes ganas de andarte encaramando por ahí para regar las matas? - Le dice en tono de reproche Abraham.

- No, ya me trajeron la manguera nueva y ustedes me ayudarán mientras estén aquí ¿Cierto?

- Pasaremos unos días contigo para cuidarte...

- ¡Seremos tus ángeles "cuidadanos"! – Dice José Ángel.

- ¿No será ciudadanos? – Corrige Jheshua.

- ¡No! – Responde Hourus defendiendo a su hermanito - ¡Cuidadores ciudadanos!

- Todos ríen y Abraham dice:

- Estos son ángeles diferentes.

- Si... ¡Son ángeles chimbos! ¡Qué cómicos! Eso hará que la abuela se caiga de la risa – Dice Aarón riéndose y dirigiéndose a la abuela - ¡Cuéntanos la historia de cómo te caíste de la escalera y te rompiste la pierna!

- Tus hermanos no son ángeles chimbos, son ángeles nuevos – Dice la abuela – Además, hay otros cuentos más interesantes y este no lo cuento porque me duele. No debemos contar las cosas malas que nos pasan sino las buenas. ¿Por qué contar lo tonta que fui queriendo, a mis años, montarme en una escalera para regar las matas de la pérgola sin una manguera?...

- ¡Ay Abuelita! ¿Y los peones no te ayudaron?

- No quería molestarlos. ¡Estaban ordeñando! Lo hice porque quise, amo la jardinería y porque, además, esa escalera era bajita... ¡Pero hay escaleras muy altas!.

- ¿Llegan hasta el cielo? – Pregunta José Ángel

- El abuelo nos dijo que los ángeles te cargaron y ya que él dice que los ángeles existen, quisiera saber si también existen los demonios. - Pregunta Abraham y la abuela responde:

- ¡Claro, mi amor! Hay unos seres que han perdido la capacidad de amar porque se mantienen peleando, manipulando, acusando, juzgando, culpando, condicionando y condenando a los demás sin sentir La Inteligencia, La Comprensión, La Belleza, La Justicia, La Verdad ni La

Misericordia. Los ángeles les ayudan a superarse, pero éstos no lo notan, porque, al sentirse infelices, imposibilitan la vida a los demás.

- ¿Y no se dan cuenta de que los están ayudando?
– Indaga Abraham.

- Al perderse a sí mismos, sin memoria ni conciencia, no se reconocen semejantes a Dios y degeneran tanto, que ya no luchan contra las adversidades siendo vencidos fácilmente. Son los que mancillan la Obra de Dios y violan La Naturaleza: la capa de ozono la tienen perforada. Usan químicos de todo tipo, hacen guerras y perforan la tierra extrayendo sus minerales. Queman y talan árboles; queman los gases de los pozos petroleros contaminándolo todo. – Explica.

- Hoy quieren destruir los pulmones verdes que quedan en El Amazonas y las aguas de los glaciales y no solo destruyen todo lo que encuentran de vida en La Tierra sino que también dañan la Naturaleza Humana con La Flora y La Fauna. Están cargados de odio, son vengativos… Están acabando con la vida en el planeta, todo lo contaminan.

- Entonces son esos los que se conocen como dañados... – Dice Hourus levantando el índice y con la seguridad de haber acertado.

- Los llaman demonios, perversos, malos, maulas, malandros, malucos, machistas, feministas, delincuentes, ladrones, desviados, narcotraficantes, mala gente, asesinos, homosexuales, libidinosos, egoístas y todo tipo de lacra social. Ellos degeneran a la raza humana... A través de los siglos han formado una montaña de problemas que los ha sepultado sin darse cuenta. Hay otros que destruyen todo a su paso con industrias contaminantes... Extracn minerales y riquezas de la tierra y lo que le devuelven es basura.

- ¡Tú estás inventando esto Abuela! ¡Los ángeles y los demonios no existen! – Expresa el incrédulo Abraham

- No les miento, La historia que les voy a contar es la expresión de La Gracia de Dios.

- ¿La expresión de Dios y su Gracia? - ¿Quién puede creer eso? – Dice Hourus.

- ¿Cómo va a expresarse la Gracia de Dios? – Pregunta Jheshua.

- ¿Hablando contigo? – Se ríe Abraham.

- ¿Con magia? – Interroga José Ángel.

- ¿Con trucos? – Indaga Aarón.

- No sé por qué quieren saber de ángeles y demonios si no entienden como Él se expresa. No es con trucos, ni magia. La Gracia de Dios se expresa a través de ¡El Hijo de Dios Hecho Hombre!

- ¿Y donde está Ese? – Pregunta Jheshua
- ¿Quién es? – Indaga Aarón.
- ¡Es Ese Mismo que está dentro de ti!
- ¿Dentro de mí?
- ¡Si dentro de todos los seres humanos! Hay que permitir que se manifieste Su Verdadero y Real Ser: ¡El verdadero Ser Humano que Dios creo a Su Imagen y Semejanza! Hay que eliminar al que cada uno creó dentro de si creyendo que lo haría mejor.
- Los niños se acomodan en el Desnivel del piso: Los gemelos sentados, uno arriba, a 40 centímetros del suelo, con las piernas colgando y el otro a sus pies; el mayor busca una silla y la coloca al lado de su abuela, el abuelo se la quita y se sienta en ella, se recuesta y ¡Se le parte una pata! El abuelo cae y se levanta rápido sobándose las nalgas mientras los niños se desternillan de la risa.
- Eso te pasó por vivo Abuelo, no te sostuvieron los ángeles porque le quitaste la silla a Jheshua. - Dice Hourus recostando la cabeza en un cojín.

José Ángel le saca el cojín y Hourus le da un puntapié y se lo quita:
- Búscate el tuyo y no me causes una montaña de problemas.

- ¿Una montaña de problemas? ¿Existen las montañas de problemas? - Pregunta José Ángel
- ¡Claro que si! – Dice la abuela- Y es, justamente debajo de esa montaña donde comienza nuestra historia ¡Así que dejen de pelear y pongan mucha atención!

DESPUÉS DE LA CAÍDA:
EN EL INFIERNO DE LA MENTE...

¿Has comido acaso del árbol del que te prohibí comer?". Dijo el Hombre: - "La mujer que me diste por compañera, me dio del árbol y comí". Dijo pues Jehová Dios a la mujer: ¿Por qué lo has hecho?" Y contestó la mujer: - "La serpiente me sedujo y comí". Entonces Jehová Dios Dijo a La Serpiente: "Por haber hecho esto, maldita seas entre todas las bestias y entre todos los animales del campo". (Génesis 3; 12 – 14

Debajo de esa montaña hay una cueva llamada "Ignorancia" y en ella nadie sabe nada sobre su origen ni hace el menor esfuerzo para averiguarlo. Hay miles – millones – de seres perdidos sin ninguna comunicación entre ellos. Esta cueva está llena de humo y ruidos; hay todo tipo de suciedades inimaginables y el ambiente se hace cada vez más denso e irrespirable a medida de que son más profundos los espacios.

- ¡Qué frío tan espantoso!... ¡Se me congelan los huesos en esta negrura!... - Dice, lloriqueando un tipo que allí se encuentra - ¿Quién soy?.... ¡Tengo tantos años sin poder dormir que no sé nada de nada!... ¿Qué hago aquí? - Se pregunta sin que nadie responda.

- ¿Habré nacido acá con mis congéneres o habremos sido traídos desde el exterior? ¿Cuándo llegué? ¿Dónde me encuentro?... No recuerdo entradas o salidas… ¿Estoy muerto? – Gime.

Allí está, sin estar, en compañía de fantasmas y demonios que conforman el Mundo Inferior dominando a los que ahí se hallan. La gran mayoría carga en la frente una etiqueta con su propio nombre:

"Auto – Importancia", "Mala Intención", "Inercia", "Soledad", "Cansancio" "Mediocridad"; "Ira", "Fracaso", "Aburrimiento", "Gula", "Indiferencia" "Apatía", "Auto compasión" y muchos otros nombres más deambulan por esa negrura. Hay quienes tienen más de una etiqueta y los que cargan muchas, hasta hay quienes están cubiertos por ellas.

- Yo domino esto – dice Orgullo – Aquí estoy junto con mis derivados y seguidores, estamos llenos de etiquetas y somos etiquetados llamados "Costumbre", "Indecisión", "Prohibición".

- Vamos a comernos a alguien – Le dice "Codicia" a "Mentira".

- ¡A todos! - Responde Odio

- ¡A los que más rabia les tengo! - Dice Envidia – ¡A los etiquetados! ¡A los que tienen lo que yo no tengo!

- ¡A los más pendejos! ¡A los más pendejos! - Le expresan Dolor y Egoísmo a Inseguridad, a Auto compasión y a los Celos que están formando a cada anticristo de este inframundo.

Orgullo se expande y dando un discurso se encarama sobre una piedra:

- ¡TOOODOS LOS MUEEERTOS! ¡REÚNANSE! ¡TODOS AQUÍ CON "PEREZAAA"! ¡ELLA ES QUIEN AHORA LOS MANDA A USTEEEDEES! – Grita hacia todos lados diciendo:

- ¡Veeengan!

- ¡Veeengan! - Gritan otros haciendo coro.

- ¡Venganzaaaa! – Despotrican los que no saben de que se trata todo eso.

- ¡Acérquense todos los Vicios y Enfermedades! – continúa arengando, cuando sus seguidores gritan:

- ¡Ven Injusticia!

- ¡Ven Iniquidad! ¡Preséntate aquí! ¡Para seleccionar a quien vamos a destruir! ¡A quien nos vamos a tragar!

Los endemoniados muertos se acercan saliendo de todos los rincones, cavernas y abismos y de los más intrincados laberintos de La Cueva.

- ¡Busquemos en las guaridas del Trauma, Temor y Miedo. – Dice "Perverso".

- ¡Salgan todos los olvidados desde lo profundo del Olvido! – Dice Ira.

- Es más fácil encontrarlos en los avernos del Caos, o en los de Terror, Dolor, Pánico y Desorden. – Indica, con altivez, "Auto – Importancia"

- ¡No! ¡Deben andar escondidos en los abismos de Vértigo, Desconfianza y Prohibición! - Expresa "Mala Intención" mientras "Inercia" grita:

- ¡Busquen en las cavernas de Violación y Sobresalto!

- ¡A los que están sumidos en la Soledad! ¡Busquémoslos por esos lados! – dice "Cansancio".

Estos muertos que andan, semejantes a piedras, son como Cáscaras vacías… Algunos van muy maquillados.

Salen en tropel gritando y buscando:

- ¡Busquemos a las personalidades falsas que vegetan! – Señala "Desaliento".

- ¡Sí! ¡A los que no saben qué hacer porque su Verdadero Ser desapareció! – Explica "Cansancio".

- ¡A las almas atrapadas por sus propios errores, disparates y defectos! – Apunta "Mareo".

Algunos encuentran y devoran a los fracasados e insolventes… Y los hallan ¡Pordioseros y en estado mísero!

- ¡Comamos a los que ya están destruidos! – Ordena "Gula".

- ¡A quienes perdieron todo aliento y entusiasmo para superarse y ya no tienen iniciativa ni voluntad! – Expresa "Desaliento".

- No veo a quien comerme, y no oigo nada, no los percibo – Dice "Hambre".

Debido a la oscuridad y al ruido, todos allí son ciegos, sordos e impotentes; solo las vulgaridades y chismes, a los cuales nadie hace caso, se confunden con los ruidos espantosos, los cuales se multiplican sin orden ni concierto: tambores, baterías y otros instrumentos musicales desafinados, cornetas de gandolas, camiones y autobuses; maquinarias industriales, radios, televisores y equipos de sonido a todo volumen con súper cornetas manejadas por: roqueros, gaiteros y vallenateros [1] aullando a todo pulmón.

Los depredadores se unen a estos engendros, que hacen terrible ese infierno ¡Hablan a gritos que nadie entiende! …

- ¡Tres tristes tigres! – Vocifera "Roquero".
- ¡Topochos morochos tripochos! – Estúpidamente repite sin cesar "Gaitero".
- ¡Tranca la tranca! ¡La trácala! ¡La Trampa! – Gritan "Los Diablitos".

No sienten su propio corazón porque han perdido la noción de su existencia... Otros hay donde cada uno habla cantando como rezando.
- ¡Ya nos sentimos desbaratados, deprimidos, infelices! - Llora "Infeliz".
- ¡Y necesitados!... – Suspira "Pobrecito".
- No porque tengamos poco sino porque deseamos mucho... ¡Yo quiero de todo! – Pide "Infeliz".
- ¡Por eso nuestro estado es paupérrimo! – Llora "Pobrecito", mientras La Pereza vocifera:
- ¡Perdimos la capacidad de comprensión! ¡Los talentos! ¡La Imaginación!
- ¡Porque confundimos a La Libertad con El Libertinaje! – Despotrica La Lujuria con gestos obscenos.
- ¡Por eso aquí pagan sus penas los que no se arrepienten de su estupidez ni de su maldad! – Dice gritando La Ira.

A todos allí los cubre una piel negra y curtida formada por sangre de sus juicios y crímenes contra

La Inteligencia; moco de su llanto de impotencia, odio, frustración y rabia; secreción de sus abominaciones y aberrante pornografía, adulterios reales o imaginarios, fornicación con su pareja o con otros de su propio sexo o no.

Esta costra asquerosa se amalgama con tierra que cementa las etiquetas con la maldad en sus mentes en cada depresión o derrumbe moral.

Tienen patas, pezuñas y garras en vez de manos. Sus cuerpos, cubiertos de pelo, poseen cuernos producidos por traición, desagradecimiento e infidelidad contra su propio Ser. Con formas humanoides, cada uno ostenta, por lo menos, un rabo.

Se rascan el cuero leproso con llagas producidas por piojos, sarna, hongos, larvas y demás parásitos o agregados psicológicos de su mugre mental. Son lazaros muertos y enterrados dentro de sus propios cuerpos, donde se ocultan de sí mismos... ¡Ninguno se da cuenta del estado en el cual se encuentra! ¡Ya ni saben que existe La Conciencia!

- Hemos degenerado tanto que somos... - Bosteza La Pereza...

- ¡Somos animaloides, vegetaloides o mineraloides!
- Dice La Codicia.

- ¡Monstruos en involución! – Plantea La Gula.

- ¡Viciosos perdidos! ¡Criminales y ladrones que arrebatamos a los demás hasta la vida!... Porque ya no la tenemos. – Le expresa La Pereza a la Ira.

- Ninguno comparte lo suyo ni sabe hacerlo - Continúa La Codicia:

- Si gano La Lotería voy a darle parte a los más pobres. – Dicen unos agazapados Incapaces de dar algo de sí…

Los Fanáticos Religiosos y Políticos pelean por imponerse sobre los demás y quitarles el lugar donde se encuentran. Los sacan a patadas y unos a otros se interrumpen sin dejarles discursear.

- ¡Aquí se imponen leyes y moral a través de sectas y religiones! ¡Países! ¡Partidos políticos y divisiones! ¡Porque somos los que mandamos! ¡Y punto! ¡Para eso tenemos poder! - Dice "Político".

- ¡Las armas! - Expresa gritando "Militar".

- ¡Las leyes! – Despotrica "Juez Maluco".

- ¡Lo que nos da la gana! – Grita "Maldito".

- ¡Somos dictadores! – Chilla "Dictador".

- ¡Gánsteres! – Berrea "Maula".

- ¡Amos! – Gruñe "Rector".

- ¡Mandatarios! – Vocifera "Gerente".

- ¡Pastores! – Pregona "Santico".

- ¡Rabinos! – Escandaliza "Caifás".

- ¡Sacerdotes! – Alborota "Satánico".

- ¡Dominadores o brujos! ¡Quienes marginamos…!
- es interrumpido:
- ¡Excomulgamos!... – Grita "Juez Maluco".
- ¡Quemamos!... – Despotrica "Maldito.
- ¡Crucificamos!... - Vocifera Pilatos.
- ¡Irrespetamos!... – Dice Barrabás empujando a Pilatos.
- ¡A los que no son de nuestro bando! – Alborota "Santico" caceroleando.
- ¡Todos aprendimos de Caifás! – Dice "Gerente".
- ¡Vamos a posesionarnos de sus moradores para cobrarles impuestos! ¡Diezmos! ¡Alquileres de las covachas! ¡Y subsistir a costa de los demás! – Gruñe despotricando "Explotador".

Otra vez salen atropellados a buscar en las cuevas a quienes atrapar para adueñarse de ellos.

Los pobres corren siendo perseguidos y golpeados… O atrapados y engullidos por pedazos. – Pegan alaridos de dolor – Trozos que se le vuelven a reproducir con infecciones.

Cuando se apoderan de alguna gruta colocan sellos, etiquetas o marcas a los que dirigen y así señalan como sus sirvientes a las personas sumisas colocándoles rótulos de "Esclavo", "Obrero", "Trabajador", "Asalariado", "Desempleado".

Allí también se encuentran quienes se lanzan por inercia o imitan a otros; quienes, incapaces de seguir a su propia conciencia, siguen a los falsos maestros, falsos líderes, fraudulentos mesías y corruptos dirigentes...

Algunos, corriendo, se precipitan a los abismos más profundos...

- Si caen por allí pierden su capacidad de regeneración, desgraciados ya que sin esencia ni espíritu ¡No salen!... – Insulta protestando "Hipócrita".

– Después no los podemos comer... - Continúa "Malvada" queriéndoselos comer pero nadie oye cuando dice:

- Allá se petrifican o confunden y son atrapados por el dragón llamado Locura...

- Ya tiene a todos los borrachos, drogadictos y homosexuales. – Le gritan desde las cuevas.

- Serán consumidos por el fuego que se alimenta de lo que queda de su conciencia que no aflora - advierte "Hipócrita"

- De la caridad y los talentos que no usan y de la voluntad perdida. – Advierte "Asesino" a sus atrapados para no perderlos como alimento o hacerlos esclavos.

- ¡Ese Fuego es de gran valor! ¡Porque se alimenta de lo mejor que La Humanidad pudiera utilizar para su beneficio!... ¡Y sin embargo, desperdicia!... – Exclama "Sabiondo"

Los olvidados, desde donde se encuentran ocultos, dicen:

- Nos hemos ocultado tanto que ni siquiera llegamos a encontrarnos a nosotros mismos... – Exclama "Perdido".

- Nos enterramos padeciendo; sufriendo hasta desaparecer convertidos en polvo, como si no hubiéramos existido... ¡No somos recordados ni reconocidos! – Se lamenta "Olvidado".

- ¡Nosotros entramos accidentalmente a estos precipicios y embrollos y nos estamos escondiendo de la enajenación! – Grita "Loquillo".

- Y nosotros llegamos acá por curiosidad y andamos desorientados y extraviados... – Suspira "Casi Loco".

- ¡Ay cómo podré salir de aquí! ¿Acaso no hay mesías que me saquen? – Llora "Loquito".

- Estamos "haciéndonos los locos" para no enloquecer ni ser atrapados por El Dragón e intentamos salir del submundo – Dice "Loco y Medio".

- Algunos de nosotros - Los casos raros – Somos los lázaros, intentamos escapar de los dominadores – Dice "Resucitado":
- Oímos un llamado de nuestra individualidad para que evolucionemos – Plantea "Sabio".
- ¡Despierta! Me dice La Voz desde muy adentro – expresa "Creativo".
- ¡Resucita, que estás muerto! – Repite La Voz a otros pero casi nadie la oye - ¡Levántate y anda! ¡Sal de allí!
- Oculto en resquicios, me amparo en las sombras para no ser dominado por las fieras que la mente crea y no me atrevo a salir por miedo a que me coman. – Dice "Iluso".
- No sabemos de donde viene Esa Voz – Dice "Religioso" – Parece que viene de más abajo y por no saber, mejor me quedo donde estoy... ¿Será la voz de La Esquizofrenia?
- ¡Denme afecto, cariño, respeto!... ¡O calor...cito! ¡Y yo les doy lástima a cambio! – Distrae "Loco Lindo" – ¡Quiéranme aunque sea un poquito!...

Al igual que cientos de miles. "Loco Lindo" pide afecto sin saber recibirlo ni darlo porque dentro de sí, no conoce El Amor y por eso ¡Ni percibe la voz que les habla desde adentro! ¡Desde la Conciencia perdida!

Otros, agazapados, simulan ser piedras. Callados aguantan su cruz, sosteniendo el peso de la montaña de problemas que tienen encima. Soportan injurias, insultos y golpes; resisten heridas sobrellevando sin quejas sus pasiones y su triste destino; esperan cambiarlo alguna vez.

- Alguien vendrá a cargar mi cruz – Aguanta "Callao"

- A mi me ayudarán a llevarla durante el triste calvario de mi existencia. – Piensa "Escondido".

- Soy el presidente mesiánico, soy el que esperan para revolucionarlos. Meteremos presos a los disidentes – Expresa "Deschavetado"

- ¿Será el que esperamos para que nos saquen de esta miseria? - Preguntan los desorientados.

- ¡Vengan! ¡Síganme! ¡Vengan para acá!

- Ese está loco, se cree la reencarnación de todos los muertos importantes. – Dice Opositor.

- ¡Estamos esperando un mesías a quien seguir!

- ¡Ven Mesías! – Claman los desesperados.

- ¡Ven Mesías! – Claman las multitudes.

Líderes corruptos, candidatos a cargos por elección, aprovechándose de estas necesidades de los desesperanzados gritan:

- ¡Construimos la esperanza!

- ¡Satisfacemos los deseos!

- ¡Trabajamos por ustedes! ¡Para que ustedes no trabajen ni piensen!

- ¡Cargaremos sus cargas!

- Abuela… ¿Qué es eso de construir la esperanza? ¿Qué es la Esperanza? – Pregunta José Ángel.

   - Esa es una gran mentira que le dan a los incautos. La Esperanza es una cualidad humana que le hace tener La Ilusión sobre algo que cree que puede suceder. Conforma las Expectativas de quien Espera o Anhela algo. Es la única Virtud que aún tienen algunos pocos en ese recinto, pero que generalmente está tergiversada y confundida con Deseos… Ayuda a no desesperarse… Pero ¡Déjenme continuar que después se nos hace tarde!

   Y le pregunta a Hourus:

- ¿Por donde quedé?

- Por donde estaban los políticos aprovechándose de los desesperados y haciéndoles creer que son el mesías que esperan.

- ¡Ajá! ¡Ahora recuerdo! No me interrumpan si quieren que termine… ¡Bueno! Estos falsos mesías – Continúa – Son políticos que ofrecen todo tipo de absurdos para que la gente no piense, no proteste, no actúe y dependa de ellos. Son esclavistas y los manipulan para que voten por ellos y por los que ellos designen. Los mantienen en la miseria con la esperanza de que algún día los mejorarán y los hacen vivir en un futuro que nunca llega. Los tienen solo para aplaudir por todo lo que ellos hagan o digan a pesar de que nadie entiende ni oye. Siguen a cuanto político entra en ese infierno gritando:

- ¡Allá va el mesías!
- ¡Ese no es! ¡Es este otro!
- ¡No! ¡Es aquel!
- Y siguen a cuanto loco, les ofrezca a los atrapados por la Pereza.

Interrumpe Jheshua:
- ¿Por qué les creen?
- Porque han perdido la capacidad de Ser. Se han olvidado de Dios... No siguen ideales, siguen a personas y se conforman con creer que serán importantes si estos pronuncian el nombre que tienen en sus etiquetas... ¡Pobrecitos!... Sienten que no son importantes. Que solo así serán tomados en cuenta estos olvidados. No saben que el verdadero Mesías ¡Libera! ¡No ata a nadie! ¡No pide votos!
- Sigue Abuela – Dice Aarón – ¡No les hagas caso!
- ¡Pues bien! Por estos recintos, perdido, se encuentra nuestro personaje con todas sus preguntas. Por allá anda junto con los que deliran y

los maniáticos, engreídos e insanos, quienes notan su degeneración espiritual y locura. Algún asomo de cordura les hace caer en cuenta del estado en el cual se encuentran...

Este personaje intenta ayudarlos a cargar su cruz pero todos le tiran sus cargas haciendo la suya mas pesada sin notar que es una ayuda que les está brindando.

Cuando alguno le tira la carga a otro se cree superior y despotrica:

- Yo soy de los peores – Grita "Maniático" con delirio de grandeza a quienes cree locos y quiere dominar – Los domino a Ustedes; los que tienen manías de: lectura, de consumir lo que le vendan; mandar, matar, vender o estar a la moda ¡Somos depredadores!

- Pero nosotros nos creemos santos ¿Por qué tendrían que comernos? – Protesta "San Cocho"

- ¡También nos comemos a los dispuestos a protestar! ¡A juzgar y competir! - Dice "Protestante" frotándose las manos.

- ¡Y a los estafadores! ¡A los que quieren ganar y aparentar! ¡A los que no paran de trabajar! ¡A los manipuladores y criticones! ¡A los que tienen miles de manías más! - Grita "Encuevado"...

- ¡Los buscamos en cualquier cueva o en los ríos! – Plantea "Malvado".

Salen en grupos por esos parajes donde buscan a diferentes niveles que pasan por todas las grutas y cubren a los que van degenerándose: Estos depredadores descienden aún más donde buscan y se topan con los que quieren atrapar.

Pasan por **el Primero de los ríos** donde se encuentran los que inician el proceso de la degeneración y van perdiéndose en él. A medida que empeoran en este río se van arrugando, todos están fruncidos y ancianos.

Este Río se llama Tristeza y está hecho de Lágrimas. Es altamente corrosivo; más ácido que el vinagre y más amargo que el ajenjo. Se ha formado por el llanto de los que sufren sin hacer nada por remediar su situación y por la amargura y rabia de la frustración que genera la bilis.

- ¡Qué tristeza! ¡Aquí estamos sumidos los tristes y desdichados! – Llora Tristito.

- ¡Los que no sabemos amar y sentimos lástima por nosotros mismos! - Dice lastimosamente "Consternado".

- ¡Los que queremos manipular y atar a las personas que amamos! – Expresa "Planificador".

- ¡Los que obligamos a que nos quieran! –
Masculla "Farfulla"
- ¡Los que hacemos sufrir a otros por desamor y
lloramos porque no queremos a nadie! – Expresa
"Viejo Verde" al tocarse libidinosamente. - ¡Aquí
todos estamos arrugados! ¡Tenemos el cuerpo lleno
de escamas! ¡Ja! ¡Ja! ¡Ja! ¡Escamas arrugadas!...

A estos parajes llegan depredadores, que,
peleando con todos se muerden unos a otros con tal
furia que se les caen los dientes a todos,
arrugándose mientras lloran. Los que logran
atravesar el primer Río continúan para llegar al
segundo río:

- ¡Qué asco! **Este segundo río** es de basura, lodo y
excremento… - Se sacude "Salpicado".
- Es producido por los juicios emitidos por los que
buscamos entre lo bueno y lo malo; aquí nos
revolcamos los que juzgamos, criticamos,
condenamos o culpamos a otros – Grita
"Criticona".
- ¡Aquí permanecemos los que los que
perjudicamos la mente y sentimientos de los demás,
los frustrados y fracasados en el amor, los golosos,
jugadores viciosos: ludópatas, riferos, ladrones,
tahúres, estafadores, tracaleros y los que rumiamos

mentalmente como hacer daño! - Canta "Bingo loto". Se persiguen unos a otros tratando de comerse sumergiéndose en lo asqueroso dándose dentelladas.

Algunos salen y continúan hacia el tercer río.

El Tercer caudal es de moco, semen, pus, saliva y baba, y todo tipo de fluido corporal.
- ¡Vengan, vengan, vengan que aquí nos revolcamos los airados, envidiosos, lujuriosos y orgulloso y no queremos estar solos! – Llama "Desagradable" sin ver a las multitudes que caen en este Río mientras una numerosa cantidad cae en el cuarto Río. Todo tipo de enfermedades purulentas y contagiosas se encuentran revolcándose en este río donde nadan: SIDA, Gripe, Tisis, Cáncer, Sífilis, Chancro, Blenorragia, Gonorrea, Sarna, Peste y toda la asquerosidad inimaginable.

Sus habitantes tratan de contagiar a todos y al alcanzarlos los convierten en contaminadores también. Los meten en sitios públicos: casinos, terminales de pasajeros locales cerrados, bares, discotecas, autobuses, para contaminarlos. Por este Río entra mucha gente a este infierno…

El repugnante y mugriento **Cuarto Río** es de Sangre, huele a sangre fresca y a sangre podrida... hay innumerables cuerpos desmembrados: Cabeza sueltas, brazos que se enroscan en los cuellos de los que llegan, piernas que patean a diestra y siniestra, intestinos que se vuelcan sobre las cabezas...

- ¡Aquí nos bañamos los asesinos, nos mantenemos con los cuerpos sin vida de nuestras víctimas! – Se saborea "Repulsivo".

- ¡Nadamos los victimarios! ¡Los vengativos! ¡Y los que dañamos cualquier manifestación de la Naturaleza! – Vomita "Inmundo".

- ¡A las personas! – Se pavonea "Sucio" mordiendo la pierna de un cadáver., mientras la pierna intenta patearlo...

- ¡A los animales! – Ladra "Repelente" corriendo en cuatro patas por la orilla y se zambulle.

- ¡A los vegetales! - Se saca de la nariz "Nauseabundo" un pedazo de dedo con uña.

- ¡A los minerales! – Se expresa "Fétido" con la boca ensangrentada llena de dientes de oro.

Estos andan armados: fusiles, puñales, pistolas, granadas. Se disparan, se apuñalan, se matan una y otra vez ya que están muertos sin morirse.

- ¡Vamos demonios, salgamos de aquí! ¡Vamos más abajo! ¡Vamos a comer al quinto río! – Arenga

"Asesino" y por instinto, ya que no oyen, salen los más perversos y caen rodando hacia el quinto río miles de metros más abajo.

Ruedan golpeándose con las piedras y rebotan en cada abismo por donde giran...

Este quinto es un Río de Petróleo Hirviente donde todo huele a químicos.

- ¡Ayayay! - grita "Nauseabundo" al caer - ¡Aquí es donde se revuelcan los codiciosos achicharrándose y acostumbrándose a cosas peores!

- ¡Aquí, llegamos los que comerciamos con el hambre de los demás! - Enuncia "Achicharrado"

- ¡Y los que producimos guerras entre los seres y las naciones! - Habla "Traficante" – ¡Inculcamos odio!

- ¡Creamos guerras civiles! – Formula "Abusador"

- ¡Somos los que usamos el paredón! – Pronuncia "Guerrillero" con su gorra negra chorreándole petróleo hacia las escuálidas barbas. - Sobre todo para matar a los que no piensan como nosotros.

- ¡Somos los narcotraficantes! – Sentencia "Estafador"

- ¡Los chulos! ¡Seamos proxenetas o no! ¡Gastemos lo ajeno! – Enumera "Chupa-dólares" – ¡Sobre todo si son dineros de otros países! ...

- ¡Nos prostituimos e inducimos a la prostitución a hombres, mujeres y niños! – Expresa "Especulador".

- ¡Somos los contrabandistas! – Dice ocultándose "Contrabando".

- ¡Usamos los Medios de Comunicación de masas para inducir a la degeneración! – Dice "Camarita" – Con violencia, pornografía, traiciones, dando ejemplo de lo que somos para que nos copien como modelo.

- ¡Creamos sus paradigmas! – Sentencia "Prototipo"

- ¡Los seducimos subliminalmente! – Dice "Seductor".

- ¡Somos los generadores de miseria! – Concluye tristemente "Nauseabundo" saliendo ennegrecido – Continúo porque no me gusta beber petróleo y esta carne sabe peor que los sangrientos del río anterior. ¡Aquí nos quieren comer! ¡Estos diablos son más manipuladores y expertos en procurarse tontos a quienes comer! ¡Por poco nos convencen de dejarnos comer! ¡O de ser como ellos!

Salen miles chorreando y dejando un rastro negro o carretera asfaltada inclinada que ya otros han dejado y recorrido pero que no la perciben porque están ciegos. Allá, más abajo se dirigen y muchos caen en él.

El sexto Río es de lava Ardiente… La misma Tierra se cobra la maldad de los que arden sin consumirse…

- ¡Ay! ¡Ay! ¡Ay! ¡Ay! ¡Aquí sufrimos los productores de armas de guerra! – Llora "Multimillonario"

- ¡También penamos los abortistas! ¡Ay! ¡Ay! – Se queja "Comadrón"

- ¡Y nos lamentamos los asesinos del Entusiasmo! – Gime "Tristo" – Ocultamos la verdad de La Vida y tergiversamos las enseñanzas de los enviados a salvar vidas induciéndolos a la muerte y a la tristeza.

- ¡Ay! ¡Aquí estamos los adoradores de todos estos "Tristos", creadores de religiones para fomentar el miedo y la tristeza y poderlos dominar! ¡Ay! ¡Ay!

- ¡Ay! ¡Ayayay! ¡Somos los que matamos a La Sabiduría y creamos el fanatismo haciéndoles creer que muertos encontrarán Vida! ¿Es Vida esto? ¿Es Vida esto? Ahora si hemos comprobado que estamos equivocados. ¡Ay! ¿Es vida esto? – Repite "Especulador" una y otra vez.

- ¡Somos quienes legislamos para perjudicar! - Se Lamenta "Magistrado"
- ¡Aquí estamos quienes hicimos dinero con religiones vendiendo a estos "Tristos" para que los obedecieran y nos siguieran!
- ¡Ahora no queremos estar aquí los que eliminamos La Belleza! – Lloriquea "Feorroroso".
- ¡Los que le cambiamos el sexo a los homosexuales! – Solloza "Galeno" - Destruyendo en transexuales desorientados e inconformes lo que La Naturaleza hizo.
- Aquí pagamos nuestras culpas, por apoyar a los anti-natura, anticristos y los anti-vida. – Gimen todos los "Tristos" – Aquí seguimos descendiendo a los más bajos niveles… Por hacernos adorar como seres superiores… Antes de caer en el fondo del siguiente río.

El séptimo Río es de Fuego. Se le accede por varias vías: por hundirse profundamente en el Río de lava, por explosión cuando lo expulse la lava en una erupción o voluntariamente buscando la salida de este infierno. Este fuego quema pero no consume, arde y no carboniza. El sufrimiento llega hasta lo más profundo…

El llanto, el dolor y el sufrimiento son insoportables y el sufrimiento se manifiesta por doquier:

- ¡Ay! Aquí estamos sin estar y sufrimos sin consumirnos los que hemos asesinado al Espíritu que moraba en nosotros ¡Ay! ... - Grita "Perverso".

- ¡Ay! ¡Ay! ¡Sí! los que asesinamos a nuestra Alma Humana y ofendimos a nuestra santidad espiritual - Llora "Condenado" – ¡Sí! ofendimos al Espíritu Santo que moraba en cada uno de nosotros...

- ¡Ay sí! ¡Estamos los que asesinamos al Cristo Íntimo! - Lloriquea "Inculpado" ¡Ay! ¿Cómo pudimos hacerlo? ¡Somos inservibles!

- ¿Cómo matamos a nuestro Verdadero y Real Ser sin darnos cuenta? - Gime "Siniestro" – ¿Por ignorancia? ¿Quién lo hubiera sabido? ¡Ay! ¡Ay!

- ¡Ay! Aquí estamos porque somos los asesinos de nuestra Conciencia... - Gimotea "Maligno" – ¡Eso somos y por eso estamos en este sufrimiento! ¡Ay!

- ¡Ay! ¡Ay! ¡Somos Los destructores y detractores del Amor! - Solloza "Condenado"

- ¡Ay! Aquí nos encontramos y sufrimos los traidores... - Lloriquea "Siniestro ¡Ay!" ¡Ay!

- ¡Ay! ¡Los que nunca hemos amado!... – Suspira "Malévolo".

- ¡También los que odiamos!... - Berreando expresa "Infernal" - ¡Anduvimos y andamos calumniando, somos los acusadores sin pruebas, cargados de prejuicios!...

- ¡Y maltratamos o asesinamos a los seres que nos aman! - Llora "Retorcido" – ¡Les somos infieles! ¡Somos quienes nos burlamos del Amor!

- ¡Degeneramos la divinidad del sexo!... - Gime "Maléfico".

- ¡Aquí estamos los mentirosos! – Lloriquea "Condenado".

- ¡Oh! ¡Los suicidas, los viciosos, homosexuales y los libidinosos! ¡Oh! – Gimotea "Malintencionado" - ¡Oh! ¡Oh!

- ¡Auuuuu! Acá soportamos esto los fornicarios, los terroristas y los violadores. ¡Auuuuu! – Aúlla "Malicioso".

- ¡Uh! ¡Uh! ¡Uh! Los que comerciamos con el amor, ¡Uh! ¡Uh! ¡Uh! - Grita "Ruin".

- Y los que hacemos ofrecimientos y promesas que no cumplimos – Sigue lloriqueando "Condenado".

- Y aguantamos los que hemos vendido el alma y nuestros principios por dinero - Gruñe "Nocivo". – Y los que hemos dañado nuestro propio cuerpo.

- Estamos con los políticos corruptos – Disimula "Diabólico" – Dilapidamos el patrimonio nacional.

- Porque somos los gobernantes que no resuelven los problemas de nuestro pueblo sino que robamos su patrimonio.
- Somos los corruptos que empobrecemos a nuestros pueblos – Murmura "Virulento"
- Políticos que los conducimos al fracaso – Critica "Rencoroso".
- ¡Los que queremos perpetuarnos en el poder...!
- ¡Los que damos golpes de Estado!

Así, se manifiestan estos pobres desgraciados haciendo más lúgubres y tristes estos sombríos parajes.

DESEOS...

Por estas profundidades y fuera de esos ríos, contradictoria y extrañamente hace frío... ¡Congelante frío! Por aquí deambula el tipo que no puede descansar, porque no se lo permiten los demonios de La Anarquía, El Hambre, La Guerra, las enfermedades y La Esclavitud. Con una continua petición – Sin saber a quien le pide... - Anda inquieto en búsqueda de La Verdad ya que estos demonios tienen sus imperios de Miseria y Mentira gobernados por El Comercio y La Avaricia, dirigidos por El Juicio y La Condena.

Eleva su voz esperando ser atendido, comprendido, percibido; pero entre tantas entidades egoístas e inconscientes; nadie ve, ni oye, ni percibe a nadie ¡Menos van a entenderlo! Pues no tienen entendimiento.

- ¡Ay!... No quiero permanecer donde se comen unos a otros, tampoco quiero tragar basura, carroña o excrementos mentales ya que aquí no se conocen alimentos sino que se comen unos a otros. – Se lamenta - Busco algo diferente para comer y cubrirme del frío donde me oculto para que no descubran mi desnudez y me traguen los demás. ¡Voy a ser devorado de un momento a otro! – Dice gimoteando - ¡Aquí también dominan La Traición y El Desagradecimiento desde lo más profundo!

¡Por eso ninguno cree ni confía en nada ni en nadie! ¡Mucho menos en sí mismos! ¡Ay! ¡Ay!.

- ¡Ay! ¡Quiero sexo!

- ¡Ay! ¡Ay!

- ¡Ay! ¡Ay!

- ¡Ay! ¡Ay!

Por todas partes se oyen gritos de dolor, quejas, llantos y lamentos contagiosos en ese ambiente tan asfixiante; desean que les tengan lástima y se consideran sin remedio ya que no encuentran quien les haga caso.

- ¡Pobrecito yo!... ¡Pobrecito yo!... – Expresa "Pobre Diablo" con una cantaleta que retumba en todas partes.

- ¿Verdad que doy lástima? ... ¡Estoy triste! - Llora "Tristán Tristón" con un séquito de bobos, necios, idiotas y tontos - ¿Por qué no me tienen compasión? ¿No hay quien se apiade de mí?

- ¡Fo!... ¡Qué hediondez! - Se queja "Diablo Rojo"[2] con una cuerda de ignorantes, imbéciles y tercos.

- ¿Por qué yo?... ¿Por qué yo?... – Se queja "Analfabeta".

- ¿Por qué a mí?... – Llora "Inepto".

- ¿Por qué me pasa esto? – Continúa "Quejumbroso".

- ¡Pobrecito yo!... - Gimotea "Apático".

- ¡Pobrecito yo!... - Lloriquea "Rudo".

- ¡Díganme "Pobrecito"!... – Sigue "Pesado" - ¡Por favor!...

- ¡Por favor!... ¡Díganme "Pobrecito"... – Clama "Influido"

- ¡Por favor!... ¡Díganme "Pobrecito"... – Suspira "Afligido".

- ¡Por favor!... ¡Por favor!... ¡Por favor! - Repite sin cesar "Demonio Tonto" junto con los torpes, perezosos e indolentes. - ¡Quiero fornicar!

- ¿Por qué no me hacen caso?... - Se queja "Lerdo".

- ¿Por qué me maltratan? – Llora "Perezoso".

- ¿Por qué me insultan? – Pregunta "Indolente".

- ¡Ayúdenme!... - Suplica "Pedigüeño".

- ¡Caramba! ¡Colaboren conmigo! – Solicita "Analfabeta".

- ¡Cómprenme un billete de rifa!... – Implora "Llorón".

- ¡Un Kino!³ ¡Un numerito!... - Pide "Rifero".

- ¡Tengo que venderlos todos!... Es para arreglar la covacha donde estoy con mil más; el techo nos ha caído encima y estamos muy golpeados – Intenta explicar "Analfabeta" colgándosele a los demás.

- ¡Ayúdenme! Que esta otra rifa es para mi graduación... – Pide "Bachiller".

- ¡Y ésta es para mi colegio!... – Continúa "Párvulo".

- ¡Y ésta para el condominio! – Exige "Administrador"

- ¡Contribuyan con mi desgracia!... – Implora "Desgraciado"

- ¡Dame tu voto!... ¡Vota por mí!... ¡Voten por mí! - Solicita "Diablito".

- ¡Ténganme lástima!... ¡Tengan compasión de mí!... - Dice incansablemente "Enfermo" - ¿Es que nadie me quiere?

- Todos ustedes son malos y perversos y no sirven para nada ¡Todo lo hacen mal! - Acusa "Juez Maluco".

- ¡Qué angustia!... ¡Qué angustia!... – Llora "Angustiado" - ¡Qué angustia!... ¡Qué angustia!...

- ¡Qué preocupación!... ¡Estoy preocupado!... ¡Qué preocupación! ¡Yo si me preocupo! ¿No saben que estoy preocupado? - Se conmueve "Atribulado" – Me preocupo por todo y por todos... ¡Todo me preocupa!... Pero nadie me toma en cuenta.

- ¿Porque no ocuparse de resolver algo? ¡Con preocuparse no se resuelve nada! –grita nuestro tipejo sin ser escuchado como si hubiera percibido algo, pero no, esas voces forman parte de su monólogo coincidiendo con las inquietudes de los demás.

- ¡Lamentarme no aliviará nada ni resolverá mis problemas pero me gusta quejarme ¡Ayayay! ¡Ay! ¡Ay!... Además, Es mejor lamentarme a que "me la miente" otro [4] ¡Ay! ¡Ay! ¡Ay!

Se escucha la queja de cada insensato, ineficaz e inepto que no hace nada por sí ni por nadie y quiere que otros resuelvan sus problemas.

- ¡Cállense que me tienen harto! - Grita "Maldito" golpeando al que se atraviesa.

- ¡Silencio idiotas! – Insulta "Perverso".

- ¡Imbéciles dejen de gemir! – Golpea "Sádico".

- ¿Qué ganan con quejarse si nadie viene con ayuda? – Expresa "Pervertido".

- ¿Acaso no estoy triste también? – Pegando a otros, grita "Fastidioso".

- ¿Quién nos tiene aquí sino nosotros mismos, nuestros errores y malas costumbres? – Expone "Travieso".

- ¡Por eso los golpeo, para que se quejen con ganas de algo! – Continúa "Maligno".

¿Cómo es que estos entes perciben a otros? ¿Hay alguna razón para esto? ¡Claro! ¡Estos son los depredadores! Son los que dirigen esta zona donde se cumple que "en el mundo de los ciegos el tuerto es rey"

Aquí se les unen, antipáticos, despreciables, malos y dañinos; quienes, junto con, odiosos, mamadores de gallo[5], burlones y chistosos, traen a payasos, brolleros6, chismosos, astutos, cínicos, sarcásticos, malandros y a cuanta lacra hay dispuesta a perjudicar a sus semejantes. Tomando piedras, palos, púas y demás instrumentos contundentes se dedican a molestarlos y golpearlos.

Se burlan de todos, hacen chistes a costa de los indefensos y los muerden para traspasarles mal de rabia, rabietas, disgustos o sufrimiento; inventando cuanto puedan hacer para incomodarse entre ellos.

- ¡Quéjense ahora con ganas! - Grita "Demonio Furioso" lanzando injurias a tímidos, vergonzosos, irresponsables e inexpresivos.

- ¡Toma! ¡Toma! ¡Toma! - Golpea "Fúrico" a diestra y siniestra arrasando con incompetentes, inactivos, cobardes y miedosos.

- ¡Ay!... ¡Ya no!... ¡Ya no! - Lloriquea "Tatuado" totalmente pintado y miles pintados como él.

- ¡Pégale más duro!... ¡Hasta que reviente como una piñata! - Manda "Rabioso" - Dale también a los inquietos, revoltosos, maniáticos y neuróticos. ¡Esos aguantan palos!

- ¡Gózalo!... ¡Mátalo!... ¡Cómetelo!... – Dirige "Diablo Malo" - ¡A ese! ¡A ese! ¡A este otro! A este atribulado, a este obsesionado ¡Al acomplejado! ¡Al acomplejado! ¡Dale duro al mariquito ese!

- ¡Ay! ¡A mi no! ¡A mi no! - Se queja "Víctima" - ¿Por qué a mí?

- ¡A mí sí, a mi sí! ¡Pégame, maltrátame, humíllame, véjame!... ¡Yo quiero padecer! - Suplica "Masoquista" llorando, ante la negativa de "Sádico", quien goza cuando le pega y cuando deja de hacerlo, oyéndolo suplicar golpes que no le llegan.

- ¡Aquí encontré otro tonto! ¡Vengan a maltratarlo! Invita "Perverso"...

Y entre golpes, empujones, puñetazos, insultos y agravios, burlas, calumnias, censura, ofensas e irrespeto; se mantienen los degenerados ciegos dirigiendo ciegos para perjudicar a los más torpes e incapaces ocasionando desgracias, contrariedades e infortunio.

- ¡Ey! ¡Vengan a hacer desaires, desprecios, afrentas y abucheos! - Llama "Canalla" - ¡Aquí podemos hacer desastres y destrozarlo todo! ¡Vengan!

- ¡Vamos a decir insolencias e inventar intrigas para hacer daño! - Sigue "Dañino Dañado" con una sarta de vulgaridades, groserías, sandeces y bajezas.

- ¡Vengan para acá! ¡Perjudiquemos a estos!- Convida "Endemoniado".

A su llamado se unen los condenados que tienen algo de vil, nocivo, malvado, desagradable, degradante o perjudicial para atacar a otros.

- Vamos a asarlos para comerlos mas sabrosos – Grita "Ron".

Antes de tirarlos al fuego les hacen las peores maldades. Los machacan hasta ablandarlos para extraer su conciencia, los exprimen mordiéndolos y remordiéndolos hasta liberar la Energía que desperdiciaron sacándole gota a gota de cada átomo, célula o molécula. Los torturan haciéndoles sentir el dolor que se multiplica a medida que sale cada deseo, anhelo, queja, sollozo, ambición, antojo, o pasión.

- ¡Quiero dinero!... ¡Millones!... - Desea el pobre diablo a medida de que más gasta energía.

- ¡Quiero un carro! ¡Lujos! ¡Ropas! ¡Viajes! ¡Casas! ¡Mujeres! ¡Tragos! ¡Comida! ¡Ser jefe! – Anhela "Pobrecito" empobreciéndose cada vez más de tanto aspirar absurdos.

- ¡Mejorar mi situación! - Pide "Loquito" sin saber a quien.

- ¡Encontrar a quien me ayude! – Desea "Cómodo"

- ¿Quién cargará mis problemas para no estar solo?

- ¡Dirigir a los demás y dominarlos! - Medita "Jefe" sin lograrlo y sin que nadie le obedezca.

- ¿Por qué nadie me quiere? ¿Por qué a nadie le importo? ¿Quién podrá adoptarme? ¿Nadie quiere ayudarme?- Suspira "Ansioso"

- ¡Nadie me comprende!... – Se queja "Solito"

- ¡Nadie me quiere!... – Suspira "Melancólico"

- ¡Nadie se acuerda de mí!... – Llora "Nostálgico

- ¡Nadie me toma en cuenta!... – Gime "Lánguido"

- ¡Nadie me llama! – Se apena "Penoso"

Y así se escucha la voz de cada uno de los millones de solitarios que allí padecen.

SIN CON CIENCIA...

" ¡Serpientes, raza de víboras! ¿Cómo vais a escapar de la condenación? (...) yo envío a vosotros profetas, sabios y escribas; a unos los mataréis y los crucificaréis, a otros los azotaréis en vuestras sinagogas y los perseguiréis de ciudad en ciudad, para que caiga sobre vosotros toda la sangre inocente derramada sobre la tierra, (...) Yo os aseguro: todo esto caerá sobre esta generación" (Mateo, 23; 33 - 36)

En una cavidad muy profunda las paredes y techos están impregnados de una sustancia fosforescente que ilumina tenuemente el recinto donde habitan Las Ciencias, El Trabajo y El Intelecto.

- Aquí nos hemos formado los expertos, intelectuales, industriales, empresarios, profesionales, etiquetadores y científicos. – Expone "Magistrado".

- Y somos los sabihondos porque estamos en lo más hondo y no queremos salir –Expresa "Experto"

- Somos superiores a los que no pertenecen a nuestro grupo... a esos "Pobres Diablos" – Discrimina "Intelectual".

- Somos los "Grandes Demonios" de Esta Sociedad y hemos inventado un lenguaje para que nadie nos entienda sino entre nosotros... – Plantea "Científico".

- ¡El asunto es que ni nosotros mismos nos comprendemos! – Masculla "Profesional".

Estos villanos se mantienen separados del resto:

- Nosotros tratamos de probar que lo existente existe – Expone "Científico".

- Y nosotros que lo inexistente no existe – Habla "Experimentado".

- Nosotros solamente queremos vender nuestras ideas y lucrarnos. – Dice "Comerciante".

- Fabricamos armas de guerra y todo para destruir – Dice "Destructor".

- El resto se encarga de confeccionar, con el material luminiscente de paredes y techos: etiquetas, sellos, marcas, rótulos, letreros, carteles, distintivos, títulos, diplomas y certificados; señales, manchas, escaras, huellas, contraseñas, signos, símbolos, firmas y nombres para todos. Los pasamos a los etiquetadores que se dedican a pegarlas a los que encuentran a su paso - indica "Industrial".

- Los etiquetadores definimos el rol de cada uno en el submundo y de ellos nos alimentamos. Marcamos todo para no perdernos entre las multitudes... ¡Queremos ser famosos! ¡Ser reconocidos por la huella que dejamos en los demás!... – Señala "Marcador"

- La mayoría de ellas ¡Las ponemos a las patadas! – Especifica "Pateador".

- ¡O metiendo la pata! – Se burla "Profesor".

- Así repartimos defectos, cicatrices, heridas, perjuicios, daños y monstruosidades – Detalla "Orientador".

- Cada etiquetador ajusta el desorden a su manera para que no lo pisen los demás y evitar que nos coman los no marcados y vamos repartiendo vicios, carencias, irregularidades, lacras, y fallas. ¡Y les ponemos notas al evaluarlos! – Enumera "Profesor".

- Nosotros nos encargamos de pegarle deterioros, desperfectos, inconvenientes y taras. – Asegura "Tarado".

- Los demás nos encargamos de ponerles desviaciones, daños, lesiones, tachas y manchas. – Continúa "Famoso".

- Al colocarles nuestra señal, podemos encontrar fácilmente a los que nos comeremos ya que los ciegos percibimos las etiquetas. – Exclama "Cegato".

- Como expertos formamos sindicatos, clubes, colegios, gremios y federaciones de diferentes niveles para los etiquetados: los de mayor jerarquía son los peores y Más Mentirosos. – Reconoce "Regente".

- Para poderlos dominar, todos tienen que creer que los distintivos son fabricados con veneno que extermina, tanto a sellados como a quienes se los coman y que en el gremio tenemos antídotos – Explica "Dirigente".

- Para adquirir esa poción, los agremiados deben pagar con su sangre, que deben cambiar periódicamente y de la cual nos alimentamos. Así garantizamos la comida de los que inventamos esta farsa – Expresa "Presidente".

- Ellos piden algo a cambio siendo ya etiquetados, quieren que les sembremos esperanzas, pero le damos otra cosa... – Dice "Ministro".

- ¿A cambio de su esencia? ¡Le inyectaremos odio en las venas! – Declara "Director".

- Así, los de "La Plana Mayor" nos aseguramos de tener sangre fresca y nos vamos comiendo poco a poco a los señalados: ¡Los comemos a mentiras!... Formamos uno de los eslabones más fuertes de la cadena de depredadores de almas. Aquí nos encontramos los avaros, codiciosos, usureros, acaparadores y tacaños con los hipócritas, jactanciosos, pedantes, fanáticos, presumidos, trastornados, sombríos y desgraciados. – Prorrumpe "Traficante" mientras "Religioso" lo interrumpe: - El más mentiroso, engañador y peor de todos nosotros se gana el derecho de comerse a los demás; También lo llaman: El Traidor…

Al unísono, y como que se hubieran puesto de acuerdo, a manera de letanía todos responden:
- ¡Anda por ahí! Mientras cada uno va expresando todo tipo de descalificativos:
- ¡El Fanático!
- ¡Anda por ahí!
- ¡El Mal Intencionado…!
- ¡Anda por ahí!
- ¡El Acusador! ¡El Indeciso! ¡El Egoísta!
- ¡Anda por ahí!
- ¡El Más Bestial! ¡El Chismoso! ¡El Machista!
- ¡Anda por ahí!
- ¡El Más Flojo! ¡El Más Cobarde!
- ¡Anda por ahí!
- ¡El Irrespetuoso! ¡El Inmoral! ¡Libidinoso!
- ¡Anda por ahí!
- ¡El Más Infiel! ¡El Homosexual! ¡La Bestia!
- ¡Anda por ahí!
- ¡El Marica!
- ¡Anda por ahí!
- ¡El Orgulloso! ¡El Goloso!

- ¡Anda por ahí!
- ¡Satanás! ¡Damián! ¡Anticristo!
- ¡Anda por ahí!
- ¡Belcebú! ¡Diablo! ¡Demonio!
- ¡Anda por ahí!
- ¡El Más Lujurioso! ¡El más Avaro! ¡El Violador!
- ¡Anda por ahí!
- ¡El que golpea a las mujeres!
- ¡Anda por ahí!
- ¡El Perezoso! ¡El Furioso! ¡El Más Envidioso!
- ¡Anda por ahí!
- ¡El Más Corrupto!
- ¡Anda por ahí!
- ¡Cabeza de Legión!
- ¡Anda por ahí!
- ¡Comandante de Tropas!
- ¡Anda por ahí!
- ¡Terrorista! ¡Guerrillero! ¡Narcotraficante!
- ¡Anda por ahí!

   Y así, un sinnúmero de epítetos de peor talla. –
Habla "Mentirosito".
- Y también le dicen:
- La Traidora
- ¡Anda por ahí!
Y continúa con las letanías a las cuales todos
responden:

- ¡Anda por ahí!
- ¡Madre de las calamidades!
- ¡Anda por ahí!
- ¡Fanática! ¡Mal Intencionada!
- ¡Anda por ahí!
 -¡Lujuriosa!
- ¡Anda por ahí!
- ¡La Chismosa!
- ¡Anda por ahí!
- ¡Madre de las Abominaciones!
- ¡Anda por ahí!
- ¡La Orgullosa!
- ¡Anda por ahí!
- ¡Prostituta!
- ¡Anda por ahí!
- ¡Envidiosa!
- ¡Anda por ahí!
- ¡Babilonia! ¡Libertina!
- ¡Anda por ahí!
- ¡La Furiosa!
- ¡Anda por ahí!
- ¡La Lesbiana!
- ¡Anda por ahí!
- ¡La Bestia!
- ¡Anda por ahí!
- ¡Maldita!

- ¡Anda por ahí!
- ¡Serpiente!
- ¡Anda por ahí!
- ¡Airada!
- ¡Anda por ahí!
- ¡Codiciosa!
- ¡Anda por ahí!
- ¡Perezosa!
- ¡Anda por ahí!
- ¡Glotona!
- ¡Anda por ahí!
-¡Libertina!
- ¡Anda por ahí!
- ¡Legión de defectos…!
- ¡Anda por ahí!

Y así, continúan con un sin fin de iguales descalificativos indistintamente feminoides, masculinoides, neutros o desviados descritos…

"Mentirita" termina sus letanías al Cantar:
- Y que en alguna época anda dentro de cada persona que actúa asiiii… - Todos responden cantadito:
- ¡Asiiii!
- Y así transcurren todos los siglos en esa parte del infierno donde hablan solos y nadie escucha.

Muy lejos de allí, cerca de una de esas tantas cuevas donde se encontró con los políticos, donde quedaron aquellos ofreciendo reinos de ilusión, aparece meditando en voz alta el tipo que no puede descansar.

- No se quien soy, ni sé mi nombre... Me van a comer los etiquetados porque no ando marcado. No veo nada en estas tinieblas y no sé con quien identificarme.

Pasa por donde andan los de más baja distinción, los cuales expresan:

- Muchos de los que aquí estamos no sabemos de alimentos, como ingerir a otros ni donde encontrarlos, nos conformamos con nuestros desechos y los de otros.

- Nosotros... Ni siquiera buscamos comida, no sabemos como alimentarnos ni que probar, nos llaman "los Come **M**" – Llora con hambre "Come **M**ugre"

- Somos parásitos de quienes nos usan en buscar basura para engullir – Dice "**M**ocoso"

- Somos los zoquetes: no saboreamos nada y los demás nos pueden tragar, andamos cayéndonos en los pozos y mares de excrementos y secreciones, petróleo, lava y fuego donde descargan los ríos que inundan las guaridas de los peores. Todo el mundo nos come a insultos, a mentiras, a golpes, a burlas; somos una de las partes débiles de la cadena de depredadores y le servimos de sostenimiento a esta parte de la cueva. – Se queja "Come Moco"

"Los come Moco", pasan el tiempo chorreando baba con la boca abierta, son los que hacen el ruido infernal que llaman rock, el cual retumba haciendo insoportable la permanencia en este mundo tenebroso.

Los incultos o no marcados, creen la patraña de los etiquetados y los sellados callan por conveniencia para que no se los traguen los ignorantes.

"Los come Mucho", "Los come Más" y "Los come Mejor" son también llamados los "Manda Más". Estos "Manda Más" se encuentran entre los de la cueva fosforescente porque cada vez han aprendido a dominar a otros y uno de ellos descubre:

- Descubrimos que las etiquetas no están envenenadas... ¡Nos han estado mintiendo! – Expresa "Descubridor" - ¡Vamos a denunciar esto y así acabaremos con los dominadores.

- ¡No! ¡Seamos nosotros más poderosos! ¡Haremos nuestro propio sistema, aún más fuerte! Yo, del grupo de los "Manda más" y privilegiados tengo un sistema de remuneraciones, premios y pagos para los descubridores de mentiras con los cuales hacemos pactos diabólicos y que funciona así: – Expone "Mandón" - Los más etiquetados nos reunimos y creamos un concurso o competencia para otorgar un premio a alguno de los nuestros. Mientras menos méritos tenga el grupo, mayor será el premio para los que quieran ser reconocidos, los cuales hacen lo indecible para concursar. Sin importar quien gane la competencia ¡El primer galardón se le asigna al que haga la reunión! Luego, se hace una fiesta para entregárselo y se publica. Quien lo reciba, a su vez, recompensa a quien lo favorezca, al que hace la fiesta y a quien lo publica. Estos vienen... ¡Y premiamos a los promotores! Organizamos un sistema publicitario para que envidien las recompensas y compitan por ellas ¡Hasta haciendo trampa! Nos reunimos, hacemos fiestas y promociones para que no se acaben los estímulos, que acumulamos, en currículo para ser importantes y evitar que nos coman pudiendo comernos a otros.

- Algunos vamos tan premiados, que tenemos una cubierta de medallas, reconocimientos, diplomas, sellos, trofeos, cintas, certificados, coronas y títulos de todos los modelos, que cubren el cuerpo como una armadura, sobre el cuero y la costra. Ya casi no se distinguen nuestras cabezas casi petrificadas. – Cuenta "Galardonado"

- Lo único que necesitamos para ganar un premio es que tengamos una etiqueta de las de los descubridores de mentiras y promulguemos cualquier cosa hecha para alimentar al Ego de los patrocinantes de homenajes – Dice "Premiado"

- A mis fiestas acuden: serviles, aduladores y borrachos; gestores de premios, los que promueven o celebran fiestas y un sin fin de diablos de todo espécimen esperando ser premiados. ¿Y qué pasa si alguien también se da cuenta de esta patraña? ¡Se fragua para él un galardón! Si alguno se va a alzar contra nosotros y va a denunciarnos públicamente: ¡Le damos el ansiado trofeo! Le celebramos su fiesta y lo emborrachamos hasta que se preste a la comedia. – Expresa "Gestor".

- Los más sofisticados y tracaleros son los concursos universitarios: continuamente se idean competencias y dan condecoraciones que muchos desean ganar sin saber que ya hay ganadores; ¡Ja! ¡Ja! ¡Ja! Los han preparado para sus propios inventores – Cuenta "Rector".

- Los que aún no han sido premiados, se prestan al servilismo y a la esclavitud dejándose condicionar y degradar hasta por un bocado de comida o un cargo de etiquetador. – Manifiesta "Condecorado" - ¡Ja! ¡Ja!

- Hacemos fiestas en las cavernas denominadas: Prestigio, Fama, Renombre, Pirámide Social y Reputación – Manifiesta "Tracalero".

- Sí, porque allí es por donde más deambulan los títulos de: Director, Prófugo, Ladrón, Importante, Criminal, Doctor y Profesional.

- Y también se destacan: Idiota, Inteligente, Presidente, Bruto, Jefe y Dirigente.

- Así como: Loco, Malo, Pecador, Escritor y Escultor, junto con los de: Útil, Millonario, Científico, Premiado, Trabajador, Sinvergüenza, Honorable y Obrero, colindantes con las de: Pobre, Mendigo, Príncipe, Rey e infinito número de descalificativos y calificativos descubiertos por los que hicimos el lenguaje para mayor confusión y evitar la comunicación.

Aplaude una multitud

- ¡Aprobado! ¡Aprobado!

- Y si no lo aprueban, igualmente impongo mi sistema de premios.

INQUIETUDES...

Donde se encuentran "los come **M**ondongo" rumiando sus propias vísceras, "Los come **M**enos" que casi ni almuerzan, "los come **M**iseria" o marginados, "los come **M**arranos" hartos de enlatados y "los come **M**entiras" quienes creen en todo; entra el tipo con millones de años sin dormir:

- Busco donde permanecer y descansar cómodamente ya que todas las grutas recorridas están ocupadas... No me siento igual a los que tengo alrededor y reconozco por el hedor, las dentelladas y golpes que recibo cuando ingreso a cavernas y embrollos o cada vez que caigo en los abismos – Sigue meditando en alta voz.

Donde quiera que entra lo quieren atrapar o lo sacan a patadas. Su soledad es muy grande ya que no tiene con quien identificarse.

- Quiero reconstruir mi mundo buscando un colega, un camarada, compinche, cómplice, acompañante, condiscípulo o amigo, con quien asociarme y compartir un lugar...

Pero ¡No encuentra a nadie dispuesto!... ¡Todos y en todas partes lo rechazan!... ¡Lo empujan! No halla gruta ni laberinto donde dormitar...

- ¡No quiero estar aquí!... – Lloriquea...

En su largo recorrido, busca encontrar respuesta a estas preguntas que se repite sin cesar:

- ¿Quién soy? ... ¿Qué lugar es este? ... ¿Qué estoy haciendo aquí?... ¿Es este mi puesto?... ¿Pertenezco a este sitio?... ¿Desde cuando me encuentro en esta situación?... ¡No quiero seguir haciendo lo mismo que los demás! ¿Por qué no me veo ni veo nada? ¿Hay algo mejor que esto? ... ¿Por qué estoy así?... ¿Por qué?... ¿Por qué?... ¿Por qué?... ¿Por qué hay algo dentro de mí que late, siente y quiere amar?... ¿Porqué caí aquí donde no hay solidaridad, amor ni unión sino para la maldad? ¿Por qué estoy tan solo entre tantos diablos?... ¿Cómo llegué a esto?... ¿Qué debo hacer para salir de esta situación?... ¿Podré salir de esto?

Meditando trata de mantenerse oculto de los depredadores y los etiquetados pasan por su lado sin notarlo; los no marcados bajan la cara cuando le pasan enfrente; otros lo tocan y quieren arrancarle un pedazo.

Al sentirse mordido corre, tropezando por todas partes.

- Temo expresarme porque si me sienten ¡Me caen encima queriéndome tragar! No descanso porque al descuidarme ¡Me zampan¡

Está sumamente cansado por los siglos que tiene a la defensiva. Tiene muchísimo sueño pero no puede ni debe quedarse dormido y para ello repite sin cesar:

- "Camarón que se duerme se lo lleva la corriente..." "Camarón que se duerme se lo lleva la corriente..." "Camarón que se duerme se lo lleva la corriente" "Camarón..."

Mecánicamente, una y otra vez lo machaca, perdiendo la noción del tiempo sin saber cuantas eras o períodos han transcurrido desde que se encuentra allí.

- No se si estoy vivo o muerto pero debo moverme tratando de hacer algo para no morir congelado o de inanición por segunda vez. Quiero encontrar algo que se me ha perdido pero no sé lo que es; también busco y rebusco donde descansar en paz.

Averigua por todas partes, indaga, pregunta, investiga y examina todo; registra en las paredes los resultados de lo que explora; sondea abismos y los analiza, todo lo prueba y reconoce lo que ya ha experimentado, deja señales por donde pasa y nota sitios y situaciones que le resultan familiares. No nota que otros lo siguen sintiendo y haciendo lo mismo.

- Por este cansancio de siglos... ya estoy harto de mentiras y no quiero mantenerme escondido. Por esta ceguera, por mi hambre insatisfecha y mi infinita sed... Por mi falta de amor y mi soledad: ¡Debo salir de acá!...

El Hambre lo acosa y no resiste:

- No quiero llegar a comer excrementos ni a otros... ¡Debo buscar alimentos! - Repite mientras sigue con su auto arenga – Eso de comerse entre sí o dominarse unos a otros, angustiarse por sobrevivir y tantas adversidades reinantes no deben existir... ¡Voy a expresarme!... Para organizarnos, ordenar este caos, para solucionar la montaña de problemas que está sobre nosotros... Pero sin etiqueta ¡Nadie me hará caso!... ¡No soy reconocido ni importante!... ¡Todos querrán devorarme!... ¡Mejor espero que otros también quieran cambiar su propio mundo interior!... Algo dentro de mí: Mi propia ciencia me incita a aprender. Mi Naturaleza Íntima me impulsa a buscar solución a mi situación. Aquí nadie quiere oír pero cuando tenga etiqueta me oirán. ¡Voy a buscar a los etiquetadores!

Ignorando el truco de las etiquetas y premios, cavila sobre ellos y deja su propio miedo en uno de tantos túneles cuando considera que debe tener un emblema que lo identifique para que puedan oírlo.

Busca a los etiquetadores para que le coloquen su marca. Sigue huellas fosforescentes dejadas por ellos a su paso y recorre nuevos recovecos buscándolos, hasta que se topa de frente con un grupo de ellos.

- ¡Seré importante! Las probabilidades de que me coman disminuirán, y no tendré que esconderme de todos sino de dominadores y mentirosos ¡Tendré una etiqueta!... ¡Un símbolo!... ¿Cómo me llamarán?... ¿Para qué serviré?... ¡Voy a valer y a tener mucho y podré dar y ayudar a otros cuando tenga mucho y sea importante! ¿Qué rol me asignarán? ¿Quién seré? ¡Por fin seré alguien! ¡Ya van a escucharme!... ¡Seré útil y los ayudaré a organizar el caos de esta oscuridad!... ¡Podré ayudar a mucha gente a mejorar! ¡No quiero seguir así!... ¡Debo saber como mejorar! ¡Cómo cambiar y comenzar a hacerlo! ¡Tengo que organizarme! ¡Hallaré una forma de expresarme! ¡Hasta podré representarlos! ¡Voy a ser grande! ¡Seré un dominador!

Entusiasmado e incapaz de dar algo de sí, ni siquiera un consejo y con las buenas intenciones – De las cuales está el infierno lleno - Va hacia los etiquetadores con los cuales se topa. Los encuentra guardando los rótulos:

- Ya estamos aburridos y cansados de trabajar – dice "Pega Pega" - ¡Vamos a drogarnos y a emborracharnos con la Pereza y los vicios que nos invitaron.

Al reconocerlos los llama:
- ¡Oigan!... ¡Quiero una etiqueta!
- ¡Miren, qué osado! ¿Quién eres? – Pregunta "Inquisidor".
- No lo sé, tal vez ustedes puedan decírmelo.
- ¿No temes que te comamos y te pongamos título de "Estúpido" o de "Ridículo?" – Indaga "Calificador"
- No me importa porque por lo menos seré algo para ustedes, ni siquiera eso soy; pero no creo que puedan servirme esos nombres.
- ¿Y si te ponemos el de "Comida fresca" y te usamos de una vez? - Insiste "Condenador".
- Justifico así mi destino con ese signo, pero primero tendrán que correr detrás de mí y averiguar si me alcanzan.
- ¿Para qué quieres ser marcado? - Interroga "Juez Castigador".
- No quiero comer gente, basura o excrementos como la mayoría. Quiero ayudar a los que están en peores condiciones que la mía.
- ¿Qué comes entonces? – Repregunta "Inquisidor"
- Como cuentos y mentiras que invento pero... Ya no me alimentan. A veces me lleno de ilusiones

pero me producen desengaños y retorcijones de barriga En algunas situaciones sobrevivo de pura casualidad. Ahorita mismo trato de inventar ideas que no me indigesten para atinar con las que me sigan manteniendo ¡Debemos buscar otro tipo de alimentos!... ¡O producirlos!...

- ¡Uy! ¡Un trabajador más! ¡Ju! ¡Ju! ¡Ju! ¡Ju! – Ríe "Loca Desviado" tapándose la boca - Aquí nadie piensa en eso. ¡Acá no se trabaja mijito! Ni se producen alimentos; nadie los busca, ni se ayuda a nadie...

- ¡Por eso!... ¡Por eso mismo!... Para que se den cuenta de que hay que comer mejor ¡Alguien tiene que decírselos!... Si voy sin marcar no me harán caso y no podré comer decentemente ¡Para eso quiero una etiqueta!

- ¿Y quien te dijo que te respetarán los demás porque tengas una marca si nosotros somos los que decidimos a quienes respetar en nuestro mundo? – Reclama "Mandatario".

- ¿Y quien te dijo que comerás decentemente porque tengas una señal si somos nosotros los que inventamos comidas en nuestro mundo? - Reclama "Indiscreto".

- ¡Cállate "Indiscreto"! ¡Hablas demasiado! - Juzga "Gran Diablo" y en voz baja susurra – Puedes despertar sospechas - Y dice al individuo:
- Si quieres un título o letrero espera a que empecemos de nuevo pues ya hoy terminamos
- Aunque no cubrimos el cupo asignado
- Tenemos acá a La Pereza y ya no trabajaremos.
-Te daremos una cita para ponértela, esa convocatoria te dará importancia.
- Ya Tienes tu audiencia, pero hoy inventamos las huelgas para no seguir trabajando y no eres tú quien nos va a hacer laborar de más. - Regaña "Profesor".
- Además, no nos han pagado el sueldo y es día del trabajador.
- Si buscas una: ¡Toma de las que están regadas por el suelo! ¡Póntela tú mismo, si te da la gana! - Manda Licenciado.
- Pero denme una de esas que tienen allí - Pide.
- ¡Están reservadas y no te las daremos!
- ¡Ninguna se corresponde contigo! ¡Tú no nos gustas! – Dice "Hábil"
- Estas son para los maestros del ministerio que nos seguirán en la huelga, para los viejos y jubilados que nunca cobran sus pensiones, y para los

despedidos sin pago de prestaciones sociales - Explica "Docente".

- ¡Aquí no queremos a los que quieran indagar quienes son ni a los que quieran cambiar ¡Acá solo queremos obedientes conformistas con su destino! - Expresa airado "Educador".

- ¡Eres medio sospechoso!... Hasta nosotros nadie viene a buscar símbolos ni quiere ser útil ¡Nadie quiere ayudar! ¡Todos buscan títulos!... ¿Qué te traes entre manos? - Inquiere "Instructor".

- Actúas muy extraño y desconfiamos de ti. ¡No te entregaremos ninguna etiqueta! – Manifiesta "Universitario"

- Te pondremos la de "Encapuchado" para que nos ayudes a mantener la autonomía universitaria, que nada produce para auto - financiarse, ni inventa ni investiga pero que exige bastante a los gobiernos y a los alumnos.

- ¡Espera ahí para que nos sirvas de alimento! - Indica "Mandón".

- ¡Quédate, que te comeremos después!

- ¡Aguanta allí como lo hacen los demás a quienes se lo ordenamos!... - Ordena "Experto"

- Será un honor para ti dejarte comer por nosotros ¿Oíste?... ¿Crees que podrás tener un mejor destino que servir de alimento a los más importantes? -

Expresa "Catedrático" y en voz baja dice para sí: -
Si no lo etiquetamos no cobramos.

Retrocede para no ser atrapado y por poco cae
de nuevo en otro de los abismos más profundos; se
agarra y queda colgando...
- ¡Déjenlo ahí! ¡Yo tengo flojera!
Dice otro etiquetador y se alejan dejándolo solo.

Con gran desprecio le dan la espalda y se van,
pero se las arregla como puede y escapa de ese
abismo después de mucho esfuerzo.

Al salir, los busca hasta percibirlos. Los sigue
hasta la cueva fosforescente donde dejan las
etiquetas y busca por el suelo, donde están varios
de los letreros y etiquetas desechadas... ¡Muchos
nombres hay pisoteados! Escarba por los rincones
buscando una en buen estado pero ¡Todas están
maltratadas, rotas, borradas, manchadas,   muy
sucias! Busca largo rato palpando las que están
regadas...
- Ninguna es adecuada a lo que soy, todas son
denigrantes y las que tienen rasgos de lo impreso,
nadie las quiere porque atraen a desangradores que
buscan asegurarse de sangre fresca y abundante.
Poseer una de estas no garantiza que no me
coman... ¡Están totalmente desprestigiadas! Cuando
alguien las siente en su frente, las arranca y tira

porque atraen a los demonios pateadores... ¡Estas! ¡Estas!... Me da la impresión de que en algún momento tuvieron algo que ver con mi proceso en esta cueva...

Identifica algunas que medianamente le satisfacen y después de probarlas una a una las va desechando... Se sienta entre miles de etiquetas, las clasifica, se las mide y las desecha; amontona algunas... Y... Poco a poco... Va encontrando varias diferentes... No están muy completas pero separa otras. Sigue clasificándolas y apartándolas hasta que después de bastantes intentos retira suficientes y se queda con las siguientes:

Hombre
Único
Mujer
Ángel
Niño
Original

- Ninguna está completa... ¡Todas muy maltratadas!... Sin embargo... Algo, en cada una me recuerda la causa de mi permanencia en este lugar... Pero... Éstas aún conservan limpias las iniciales... Entonces... ¡Con ellas hago mi nombre!

Las recorta y con las iniciales hace su flamante nombre:

=!!!!!!!!!!!!!!!!!!!!!!!!!!=
=   **HUMANO**   =
=¡¡¡¡¡¡¡¡¡¡¡¡¡¡¡¡¡¡¡¡¡¡¡¡¡=

Satisfecho de haber creado su propio símbolo; con garras y pezuñas se raspa la costra de la frente dejando un espacio despejado donde se lo coloca.

Al sentirla fuertemente adherida pasea pavoneándose:

- ¡Tengo etiqueta! ¡Tengo nombre! ¡SOY HUMANO! Ahora podrán reconocerme y no me tropezarán, ni pisotearán... Ya no me van a golpear ni a comer. Sólo tendré que evadir a dominadores y mentirosos... ¡Qué contento estoy!

En ese mismo instante se le tiran los etiquetados encima Entonces pone la garra sobre el sello para que no lo perciban y se arrincona escondiéndose mientras aprende todas las cosas que existen en estas cuevas.

Oculto, con firmeza tantea por los abismos, metiéndose por cuanto recoveco encuentra.

- Observando lo que cada uno hace, he aprendido todo patrón de mañas, malas costumbres, brujería, magia negra, roja, blanca, y de todos colores. Ya me sé artificios, astucias, vagabundería, mentiras, mitos, creencias, relaciones públicas, religiones, sectas y ritos.

Se hace investigador y comienza a experimentar con todo tipo de basura que encuentra…

- Ahora entiendo La Política, la Hipocresía, La Moral o "Ciencia del Bien y El Mal" para juzgar y manipular a otros seres y todas las ciencias que se mantienen ocultas para dominar a quienes no las conocen.

- También estudio ciencias públicas o reconocidas oficialmente por mandatarios o gobernantes de cada cueva. Aprendo ahora a "Hacerme el loco", "Pasar agachado", "Hacerme invisible", "Esfumarme sin que me noten"... Aparento hacerme el sumiso y "Pasar desapercibido" para desaprender y reaprender.

Cada vez que se alza o notan que profundiza demasiado, le niegan la posibilidad de conocer los trucos que usan para dirigir a los más ignorantes e inocentes.

- No queremos que te pongas a hacer un séquito de aberrados y perversos y utilizarlos como financistas de tus vicios, o como trabajadores a tu cargo. Queremos que lo hagas todo a nuestro favor. No queremos que descubras nuestros trucos. – Dice "Pastor"

Aún así, aprende el oficio de la imposición de diezmos, tarifas y tributos ofreciendo salvaciones que no están en sus manos.

- He aprendido de todas las maldades habidas y por conocer y ahora las encierro en esta tumba profunda. Comprendo que, al igual que todos, podría cometer los más abominables crímenes y aberraciones, porque están escritas en las etiquetas y paredes de la cueva desde épocas arcaicas ¡Esto es parte de Los Registros Akásicos o Arcanos de la Humanidad! ¡Aquí están ocultos! ¡Aquí dejo enterrada mi propia maldad! ¡Eso elijo! Adivino que los hombres, mujeres y niños han dejado de serlo convirtiéndose en demonios a través de los siglos degenerándose. ¡Peor es que siguen creyéndose seres superiores!... Compruebo que todos, sin excepción, cometen crímenes contra sí, de manera inconsciente, automática, irreflexiva; algunos de forma instintiva o maquinalmente.

Oye voces que dicen:
- Ya desde el vientre materno, aprenden del entorno.
- Comprendo que los habitantes de este infierno destruyen lo que hallan sin saber que se arruinan a sí mismos: con su mala intención asesinan

animales, plantas y personas y hasta a ellos mismos con pensamientos de maldad.

Las voces dicen:

- ¡Buscan al subconsciente adentro de sí sin saber que se encuentra afuera! ¡Adentro está lo inconsciente!

Se asombra al reconocer:

- ¡Por fuera nos notamos con forma humanoide y adentro tenemos formas demoníacas!

Como nadie se conoce sin etiqueta se creen como se tocan por fuera

- ¡Como yo no me conocía ni sabía quien era, así los no etiquetados! ¡Sin conciencia! Por eso cada cual juzga, critica y acusa a los demás como se juzga a sí mismo sin saber que en su interior tiene los defectos que observa en congéneres; que ha cometido y comete los mismos errores, pecados, crímenes, asesinatos contra Natura, pero su inconsciencia no reconoce las limitaciones y disparates, vicios e imperfecciones de los demás como propios. ¡Cuánto aprendo con esta etiqueta! – Piensa HUMANO

En su recorrido descifra:

- Desde hace siglos, hacemos lo que conceptuamos malo y por eso nadie siente en otro sino lo mismo que tiene dentro. ¡Ah!... Quien no opina sobre otros ya comprende y se corrige porque sabe que con la misma vara que medimos hemos sido, somos y seguimos siendo medidos en los mundos internos; que tal como sentenciamos a los demás somos condenados en nuestros propios y recónditos infiernos porque cada ladrón solo juzga por su propia condición "mirando la paja en ojo ajeno sin ver la viga en el suyo"

Se da cuenta de muchos comportamientos:

- Ahora conozco que quienes acusan a terceros de corruptos solo envidian al ladrón pero temen al juicio público. Sin embargo, buscan cargos gubernamentales para estafar sin ser descubiertos.... Advierto que hay quienes buscan etiquetas honoríficas y pagan grandes cantidades de su sangre para obtenerlas... ¡Cuántos trucos aprendo!

HUMANO, verifica que en ese infierno nadie es capaz de ver su propia maldad ni la costra que forman su piel, huesos, carne, pelo, cuernos, pezuñas, garras, y enfermedades que condicionan su forma de actuar.

- Deduzco que no tienen conciencia de que a través de siglos han llenado de sarna y lepra a su alma y que a ello deben sus dolores, limitaciones, situación adversa, circunstancias y problemas...

Continúa su soliloquio mientras aprende:
- ¡Entiendo que actúo igual!.... No cometeré más actos bárbaros ni seguiré el ejemplo que dan éstos y sus costumbres... ¡Por fin aprendí a elegir! Quiero ser diferente a los engendros de esta cueva. ¡Se que soy distinto! ¡Quiero ser Rey de mi mundo! ¡Seré dueño de mi destino! - Grita - ¡No me vengan con mentiras porque las conozco todas! Ahora puedo ganarle al "Más Mentiroso" ya que de tanto como he comido cuentos, también puedo inventarlos.

Se siente ahora decidido y decide:
- ¡Iré a buscar otro tipo de comida mientras me mantengo oculto!

Una vez que aprende a manejar y dominar las Ciencias Ocultas y Públicas, realiza experimentos y se hace docto en mañas. Con ciencia y arte construye una espada de latón extrayendo metal de la cueva.
- ¡Primera vez que hago algo útil contra La Pereza! ¡Es La Espada de mi Voluntad! ¡Con ella me siento animado y con bríos para combatir mis propias mentiras!

A medida de que HUMANO descubre cada falsedad entabla una pelea y así destruye con su hoja: cuanta patraña, rumor, cobardía, embuste, falsedad, ocultación, artificio, chisme o calumnia encuentra a su paso.

Lucha y destruye todo tipo de invención, disimulo, disfraz, fingimiento, apariencia, simulación, fraude, artificio e hipocresía de lo que ha creído.

Elimina, todo prototipo de engaño, treta, farsa e infundio que se atraviesa; lucha para eliminar cualquier lazo, lío, enredo o trampa que quieren tenderle; comprende y destruye paradigmas, mitos, quimeras, comedias, dramas y parodias, así como alusiones de aventuras, anécdotas y leyendas; combate contra el desorden, las contiendas y desavenencias, las contrariedades, pesadumbre y tristeza y va apoderándose de todo tipo de ánimo, arranque, osadía, iniciativa, entusiasmo, valor y energía; resolución, acción y agilidad agarrándose de la eficacia, la presteza y prontitud, la rapidez, intrepidez y esfuerzo. Esto lo llena de vigor, voluntad,
comprensión, entendimiento, firmeza y fuerza al recoger decisión, empuje, temple, coraje, valentía y cuantas virtudes pertenecen a su Verdadero y Real Ser, que fantasmas, agregados psíquicos y defectos, yoes o egos le tienen atrapados impidiéndole ser. Recorre cuanta guarida hay hasta llegar donde se

encuentra "El Más Mentiroso de todos" éste a quien todas las generaciones llaman "El Peor", "El Egoísta", "El Malvado", "El Maligno", "El Maldito"... ¡Está en el umbral del abismo más profundo!... Esa profundidad que es denominada Horno, Fuego Absoluto o Fuego Eterno y también es llamada Pasión... Allí observa:

¡Quién guarda su puerta adquiere de ese incendio todo su poder! Se mantiene cerrada para que nadie malgaste o desperdicie lumbre. Solo es abierta para introducir a los que serán consumidos para liberar la energía que no usaron y que mantiene encendido el fuego. Esa Energía existe desde cuando La Tierra era parte del sol, al formarse el mundo e irse condensando La Luz, en la creación del Universo.

Allí van a parar, para purificarse, quienes han degenerado de tal forma que ni llegan a saber que alguna vez estuvieron vivos, los que tienen ya su alma tan deforme: que sus monstruosidades son visibles en planos físicos e internos.

Son llevados en filas cuando no tienen asomo de regeneración, no representan peligro para dominar y usar ese fuego, incapaces de apagarlo. Igual ingresan los muertos vivos para mantenerlo.

Allá se consumen los apasionados, los fríos, tibios, celosos, orgullosos, lujuriosos, ladrones, atracadores y bandidos. Se achicharran estafadores, asesinos, criminales, homicidas y suicidas... Se destruyen los airados, engreídos, petulantes y desnaturalizados, los usureros, libidinosos, pornográficos, sádicos y masoquistas... Se desintegran los que odian, avaros, altaneros, arrogantes y soberbios...

Desaparecen ahí los fanáticos, brolleros, los glotones, envidiosos y todos sus derivados mal intencionados, los desgraciados y desdichados... Se pierden allí los malditos, nocivos, perversos, narcotraficantes y los que desean mal a los demás; los que actúan en cualquier manifestación contra La Naturaleza, contra sí mismos o contra los demás, los ateos, idólatras, gritones y escandalosos, los que deshonran a sus padres, borrachos, drogómanos ¡Todo tipo de adicto!.

Quedan borrados del mundo los adúlteros, fornicarios, homosexuales y mentirosos; en fin: todos los que hayan desperdiciado o acabado con su energía interna y han destruido sus oportunidades de ascenso espiritual.

Los ríos del infierno desembocan en este lago de fuego atómico haciendo eternamente explosiones en cadena desde lo más profundo de cada caverna, gruta o guarida. Este fuego vivo quema sin consumir. Allí... Son lanzados los que descienden a los más bajos niveles.

Solo en la cueva inmediata se siente el fogonazo cuando abren el horno y los tiran; luego reina total oscuridad y con el infernal ruido que hay, nadie siente los alaridos y gritos que emiten cuando comienzan a torturarlos para quemarlos.

Los pobres degenerados se oponen para evitar ser lanzados pero las llamaradas, cual salamandras gigantescas, los atrapan y envuelven introduciéndose como serpientes en cada uno de sus poros, células, neuronas, alvéolos y conductos: extrayéndoles dolorosamente, arrancándoles la energía de cada partícula del cuerpo sacándole del alma todo lo que se le ha adherido y que inmediatamente se le reproduce para que el dolor no se le acabe. Pena que se intensifica cuando queda solo bagazo que alimenta al fuego que arde y quema sin consumir, hasta extraer la totalidad de la Conciencia que no usaron.

Son empujados, encadenados, golpeados y maltratados por cuanto degenerado hay; los peores, van a los verdugos, quienes, después de torturarlos hasta cansarse, los pasan al "Peor de Todos".

Este Ser tiene una espada de fuego, de llamas del fondo del abismo, la cual, como antorcha, sostiene y con ella destruye a los que atrapa cortándolos reduciéndolos a escoria que introduce en el fogón para desintegrarlos.

Quien llega allí siente el fuego que lo reduce a cenizas y a pesar de estar desintegrándose, paradójicamente percibe el dolor en cada molécula sin consumirse. Al caer bajo van hipnotizados deseando, pidiendo, comprando, buscando; sin el menor esfuerzo por salir. Han permanecido una eternidad en la cueva, descendiendo lentamente.

Van camino a evolucionar por efecto del fuego durante millones de años. Se transformarán totalmente y mutarán para convertirse en minerales, hasta ser virus, bacterias, hongos, líquenes, vegetales, animales, y acaso ser alguien si sus partículas se mantienen puras y unidas realizando acciones en pro de La Naturaleza. Si esto no sucede: quedarán como ceniza, polvareda cósmica, sin oportunidad de vivir sino después de terminarse La Eternidad...

- ¡Abuela!!¿¡Cuánto dura La eternidad?! – Interrumpe Jheshua preguntando.

- Muchísimo tiempo... Todo el tiempo... Un santo decía que si la tierra fuera de acero y cada mil años pasara una paloma y la rozara con sus alas, cuando el roce hiciera que la tierra se limara totalmente, en ese momento comenzaría la eternidad.

Con incredulidad los niños interrogan:

- ¿Y HUMANO tiene una eternidad sin dormir ni comer? ¿Quién puede creer eso? - Pregunta Aarón.

– Abuela ¿Tú como que eres también una mentirosa? – Indaga Abraham.

- ¿Cuando vamos a comer? El hambre de ese tipo se me pegó – dice Hourus.

- Tengo miedo… ¿Esos diablos están dentro de mi? ¡Ya quiero que se acaben los demonios! - dice José Ángel asustado abrazándose a la abuela.

- ¿HUMANO sale alguna vez de esa cueva? - Inquiere Abraham.

- ¡Ya veremos! Tienen que ver mucho y atender para aprender de HUMANO a salir de todos los problemas… Ahora… ¡Vamos a comer!… Después continúo.

- ¡Entonces seguimos después de comer!

Y abrazándola, Aarón camina con ella empujándole la silla, seguida de sus hermanos, mientras le dice en tono confidencial:

- ¡Me gusta la historia que cuentas abuela! Y aunque algunas cosas me parecen medio mentirosas

¡Quiero conocer más al ser HUMANO! Del cual hablas.

- No son mentiras, solo son increíbles - Responde ella.

Salen a comer. Encuentran la mesa ya servida. Se preparan y disfrutan comer juntos. Luego van a dormir la siesta... En la tardecita se vuelven a sentar alrededor de la abuela... El Abuelo salió para la ciudad y los dejó con ella.

RETO…

Al llegar a la caverna más profunda, donde está "El Más Mentiroso de todos" HUMANO, analiza la situación y cuando percibe lo que hace Aquel Ente, se queda agazapado oculto para no ser detectado.

Acurrucado, desde su escondite, aprende:

- ¡Ah! Ese fuego le da potestad de producirle una metamorfosis: ¡Cambia su forma de Dragón en serpiente! ¡De sierpe toma la forma de ángel negro! ¡Parece un murciélago! ¡Oh! – Se asombra figurando la increíble transformación: - ¡Cómo se convierte de vampiro a Demonio! ¡De Diablo a Persona! ¡De Mujer a un Ángel! ¡De hermoso Ángel a flama y de llamarada a luz!

Aquella Luz vuelve a convertirse en incendio, de llama a ángel, de arcángel a persona, de Hombre a demonio, de diablo a murciélago, serpiente y dragón en proceso regresivo para ser luz y comenzar y retornar innumerables veces con un desenvolvimiento rapidísimo.

En cada forma que asume destruye miles de los que llegan hasta él. A pesar de que HUMANO está ciego, puede percibir la flama ardiente, las etiquetas y a todo lo que esa llama hace comprensible.

Cuando está como dragón, Lucifer traga la espada y expulsa lumbre por sus fauces; cuando es persona, el fuego lo tiene como espada, lanza o antorcha para alumbrarse mientras ensarta o quema a los pobres que ya no pueden evolucionar.

Cuando se convierte en serpiente, sus ojos despiden rayos que matan y odio que envenena.

HUMANO mira su espada de latón y comparándola con la del descomunal demonio, siente un escalofrío que le recorre por la médula de los huesos y a pesar de que algo se ha endurecido con los combates ya librados; no se equipara con la exorbitante de aquel inmenso monstruo.

- Por muy aterrador que sea y por muy asustado que me sienta, no se si puedo combatir con el máximo representante de todas las fuerzas del Mal...

Y sus dudas lo hacen enterrarse más y más... Pero después reflexiona y dice:

- No puedo darme el lujo de dudar. Ahora recuerdo que ya la inseguridad la eliminé templando mi espada en el combate.

Tan rápido es el desarrollo de los acontecimientos y la destrucción que se suscita, que por momentos tiene que taparse, tanto del "Más Mentiroso" como de los que se agazapan haciéndose los locos y de los que van a ser destruidos.

Vuelve a estremecerse cuando el brillo se refleja en su pobre espada y dice:

- ¡Ese destello va a permitir que se descubra La Verdad!

Al crecer el colosal dragón ocupa gran parte de la cueva desenmascarando, descubriendo y sacando de los recovecos a los que allí se encubren. Aquel engendro los tritura entre los dientes, mordiendo y remordiendo su conciencia y ellos permanecen sintiendo terribles dolores de cabeza sin que les llegue la Muerte Liberadora.

A pesar de todo este terror, HUMANO nota algo:

- Me llama poderosamente la atención... estoy notando que... ¡Satanás todo lo hace desde el umbral del fuego!... ¡Sin permitir que nadie lo tome ni lo maneje!... ¡Ni siquiera los miles de diablos que tiene a su cargo y que le traen las víctimas!... – Se asombra HUMANO - Me doy cuenta de que... ¡Lucifer no puede abandonar la puerta que cubre las llamas del Averno!... ¡Por eso necesita un séquito de demonios a quienes dirige!... Pues... a pesar de conocer mi desventaja, mis alternativas son: convertirme en piedra y morir a la Vida, consumirme eternamente en el fuego muriendo achicharrado, o dejarme matar por los demás...

Se le acerca un engendro de duda y trata de quitarle la espada, el le mete un empujón y se lo quita de encima

- ¡Ahora, más que nunca, quiero ese fuego que me dará poder para transformarme en lo que quiera y cambiar mi destino dentro de este oscuro caos!... ¡No tengo otra alternativa que luchar contra la maldad! ¡Por eso siempre estoy a la defensiva!...

Cuando los horripilantes y perversos descubren a algún infeliz, lo ensartan en pinchos antes de entregarlo al grotesco demonio quien lo sostiene cual salchicha mientras se escuchan sus terribles alaridos mientras le hacen promesas los políticos:

- No te quejes, no llores que te sacaremos cuando dejes de llorar...

Lo asan hasta que deja de quejarse bajo esa mentirosa promesa...

Al callar, se burlan…

- Eso te pasa por creer en promesas de políticos ¡Ja! ¡Ja! ¡Ja!

Y lo entregan al dragón quien lo tira ensartado en el mar de lava donde va rebotando, explotando en cada latido.

Tarde o temprano, descubren uno por uno a los que se mantienen encubiertos, ocultos o agazapados.

Al sentirse acorralado y no querer ser descubierto, HUMANO siente latir su corazón con el coraje de querer cambiar y salvarse de esa situación en la cual se encuentra.

- No me queda más remedio que decidir el enfrentamiento ¡No tengo más alternativas!...

En una transformación de aquel perverso, la fulguración que emite se refleja de nuevo en su espada y ese reflejo es sentido por la mayoría.

Se sabe descubierto, justamente cuando "El Más Mentiroso" toma forma de persona y rápidamente aprovecha la oportunidad de sentirlo de su tamaño para salir de su escondite.

Se encuentran frente a frente. Todo el mundo calla por el arrojo de este pobre diablo. Varios demonios se asoman para presenciar el combate…Empuña su espada sintiéndose suficientemente armado y protegido con su propia energía, decisión y valentía le grita a Lucifer:

- ¡Te conozco y no te temo!

Aquel toma forma de dragón y comienza a arrojarle rayos.

HUMANO los esquiva y amenaza con resolución empuñando la espada, lista para lanzársela. Su movimiento perpetuo para no congelarse lo ha mantenido ágil y las llamas no le alcanzan.

Al saber que tirándole ráfagas no va a vencerlo, se transforma en una hermosa y perfecta criatura.

La figura infantil le ofrece una antorcha encendida y con la más candorosa mirada le propone:

- Vamos a hacer un pacto para darte los poderes del fuego y dominar el mundo de los demás entre los dos... ¡Ven para que veas!

Le muestra todas las riquezas: oro y dinero del mundo, arcas de tesoros acumulados por siglos y con los cuales maneja a todos.

- Esas riquezas no me son prioritarias. A cambio, te enseño a amar, te voy a enseñar a dar sin interés, mostrándote como puedo dar todo mi amor, cariño, comprensión, ternura, sentimientos, ideas, virtudes y capacidades. ¡Aquí tengo mi corazón inflamado de amor latiendo! ¡Aprende! ¡Desarróllalo! ¡Haz que nazca en ti El Amor! ¡Otórgalo también!... Estos sentimientos son superiores a tu ofrecimiento. Necesitas amor porque todos te odian... – Le dice tiernamente…

Tiernamente, también, su contrincante trata de arrebatarle las ideas y pensamientos:

- ¡Adóptame! Necesito gente como tu... ¡Quédate! ¡Sed mi amigo!

Cada uno trata de ganarle en astucia al otro.

HUMANO se acerca con cautela haciéndole creer que accede - Solo para intentar robarle el fuego y todo su poder, aprovechando que se trata de un niño.

Al acercarse, su rival se convierte en anciano, amagándole en la cara con la antorcha. HUMANO le sonríe y le tiende la mano en forma de saludo.

Satanás se convierte en serpiente y le muestra todos los frutos y alimentos que no recuerda haber visto y le dice:

- Todos los tengo acaparados, podremos asociarnos para venderlos y dominar con ellos a los demás y a todas las cuevas, ¡Vamos socio!... ¡Tú buscabas compañía!... ¡Hagamos un pacto! Te haré presidente para que lo raciones todo y domines mejor. Tú me caes bien porque eres como yo. ¡Ven! ¡Come de todo conmigo!

- Primero repártelos entre todos: ¡Aliméntalos y demuéstrales amor!... ¡Y después hablas!

Se transmuta en voluptuosa mujer para ofrecerle pasión con su boca y su cuerpo y mostrándole la más suculenta fruta acaparada por Lucifer se la ofrece:

- ¡Seré tuya si te unes a mí para dominar al mundo y a todos los reinos! ¡Ven! ¡Adórame!... ¡Soy tuya!... En mi tendrás todos los placeres. ¡No encontrarás a otra mejor que yo!... ¡Serás rey del mundo de los demás! ¡Ven ámame!... ¡Adórame!... Te daré todas las joyas y tesoros, ya que poseo todo el oro del mundo ¡Ven!... ¡Tómame!.. ¡Serás eternamente joven!

- ¡Vete al diablo! ¡Anda a freír monos!

Aquel fenómeno se transfigura en varonil héroe:

- Voy a darte las mejores armas y la protección en todas las batallas... ¡Sed mi socio!... ¡Necesito un compinche como tú!... Yo también estoy muy solo ¡Tu eres chévere! ¡Te daré todo el poder! ¡Todo lo que pidas!

HUMANO le demuestra:

- ¡Tengo dentro de mí el coraje, la iniciativa, la valentía y el temple de mi acero para enfrentarme a ti y ésos son mi himno, mi escudo y mi bandera!

Se vuelve homosexual ofreciéndole fantasías y aberraciones de cualquier clase

- ¡Nadie será más fornicario que tú!

HUMANO lo escupe con ganas de vomitar de asco y lástima y lo obsequia con una carcajada.

- ¡Ja! ¡Ja! ¡Ja! ¡Pobrecito! ¡Has perdido toda La Gracia! ¡No seas ridículo! ¡Ja! ¡Ja! ¡Ja! ¡Mírate! ¡Das lástima! Estás tan confundido que ni siquiera sabes a que sexo perteneces! ¡Ja! ¡Ja! ¡Ja!

- ¡Si no te puedo destruir ni ganarte en astucia! ¡Entonces, descargo sobre ti toda mi furia y maldad!

Intenta tapiarlo derribando parte del túnel.

Varias piedras caen sobre HUMANO golpeándolo.

Al saberlo caído, se le acerca para arremeter en su contra, dándole un manotazo que lo tira a un rincón donde se le resbala la espada de latón.

Varios demonios, asomados, cuando sienten el combate, se mantienen a la expectativa para asumir el mando del que quede cansado o vencido.

Los que "se hacen los locos" para no volverse locos siguen el ejemplo de HUMANO y desesperadamente se forjan espadas con los materiales que tienen a su alcance. Los incapaces de hacer la suya, tratan de robársela cuando la ven en el suelo.

Recuperando los bríos, HUMANO recoge su florete caído y se les enfrenta librándose una batalla extraordinaria contra el Miedo, que resuena en los infiernos de todos los mundos. Elimina al Miedo y los empuja y todos se alejan corriendo cuando se les acerca El Peor de todos:

HUMANO se le enfrenta:

La espada que blande se dobla frente a la de su poderoso contrincante. Sin embargo, se da cuenta de que aquel demonio no quiere ser tocado por ella.

De un potente golpe lo tira contra el suelo y se abalanza encima de HUMANO para poseerlo y arrancarle el corazón...

Ya está siendo vencido con aquel ser encima... HUMANO siente que las fuerzas lo abandonan y que el descomunal demonio lo va a poseer estando de espaldas. Lo tiene atrapado con la espada sobre su corazón. Agarrado por la cintura ¡Listo para acabar con él!

Pero, una Chispa del fuego lo ilumina y haciendo uso de su ingenio, de repente, al sentirse perdido le grita al Descomunal Ser en el oído:

- ¡Tú no eres tú! ¡Tú eres tú!

- ¿Qué?

- ¡Que Tú no eres tú! ¡Tú! ¡Eres tú! – Le grita
HUMANO

-¿Cómo?

- ¡Tú no eres tú! ¡Tú eres tú! – Le repite.

- ¿Por qué?

- ¡Porque Tú no eres tú! ¡Tú eres tú!

El Más Mentiroso, con la sorpresa, se paraliza
momentáneamente; aprovechando HUMANO ese
descuido para quitarle el fuego con la espada.

Al contacto con la flama, el acero se le pone al
rojo vivo ¡No lo suelta!... Soporta el dolor
manteniéndola fuertemente para que no se la
arranquen de las manos todos los demonios que
acuden en aquella confusión a apoderarse de
cualquiera de los vencidos.

Blandiéndola como un látigo, va abriéndose
camino desde el abismo más profundo, eliminando
a todos los engendros, diablos, pecados, cambistas,
comerciantes, vendedores, maldiciones y demonios
con decisión, voluntad y valentía diciéndoles:

- Mi cuerpo es ahora templo de oración, meditación
y búsqueda de La Verdad y no volveré a permitir
que ustedes, engendros, lo atrapen.

- ¡Crucifíquenlo!
- ¡Mátenlo!
- ¡Véjenlo!
- ¡Humíllenlo!
- ¡Ridiculícenlo!

Grita la turba enceguecida persiguiéndolo:
- ¡Agárrenlo y amárrenlo!
- Aprendió demasiado y no conviene que denuncie ni divulgue lo que sabe.- Le dice "Disfrazado" a "Hipócrita".
- Si ha vencido al Más Mentiroso es capaz de vencernos a todos; otros querrán hacer lo mismo y ya no tendremos a quien dominar ni de quien alimentarnos. Se burlará de nosotros - Masculla entre dientes "Especulador"
- ¡Envíenle fanáticos religiosos para que no lo dejen ser!

Se le lanzan encima en tropel pero, con el acero templado eliminando demonios, continúa destrozando, mentiras, fantasmas, maldades y miedos.

Destruye prejuicios, misterios y fábulas... Elimina falsedades, cuentos, historias, temores y aprensiones... Acaba con espejismos, chantajes, alegorías, metáforas y supersticiones hasta que no queda ningún engendro en ese recóndito lugar de la Mente.

Asciende por laberintos, grutas y recovecos derribando recelos, desconfianza, sospechas y dudas, titubeos y vacilaciones; extermina al terror, a los sobresaltos y sustos, al horror, la intimidación, timidez, vergüenzas y todo engendro que le sale al paso.

Como su estoque se ha transformado por el poder del fuego; toma de molde su etiqueta y vacía, en su frente, el acero candente de su espada. Su nombre queda al rojo vivo, y aunque le quema, ya sabe dominar el dolor que produce.

- ¿Cómo evito que apaguen el fuego de mi etiqueta - antorcha?... ¡Lo hago tal como lo hacía el dragón! ¡Me lo trago guardándolo en mi cuerpo iluminándome por dentro! ¡Esto sacia parte de mi hambre!

Hecho esto, la tapa dejando escapar solo la llama necesaria para seguir su camino y evitar que lo divisen los de la oscuridad... Esa energía que penetra desde su espada, va irrigando cada célula de su cuerpo, y concentrándose en la base de su columna, asciende por la médula se aloja en cada vértebra, hasta iluminar su cerebro.

Después... Tranquilamente... Sale del último de estos recintos…

Atrás queda el pobre mentiroso tratando de resolver el terrible conflicto que se le presenta ante el problema de esas sorpresivas palabras que lo vencieron. Va enrollándose hasta quedar totalmente atado por sus pensamientos repitiendo sin cesar:

- ¿Tú no eres tú?... ¿Tú eres tú?... Que… ¿Yo no soy yo?... ¿Yo soy yo?... ¿Quién soy yo?... ¿Quién eres tú?... ¡Tú eres yo!... ¡Y yo soy tú!... ¿Tu y yo, Yo y Tú?... ¿Tu o Yo?... ¿Yo o Tú?... ¡Tú!... ¡Yo!... ¡Yo, Tú!.. ¡Yo! ¡Yo! ¡Yo!

Y todas las infinitas preguntas y respuestas que el enigma lleva consigo.

Después de haber descubierto el misterio de la cueva, planteado el conflicto que vence al más mentiroso y derrotado a los engendros de lo más profundo y recóndito de ese lugar; HUMANO asciende por la maraña de la caverna, donde va dejando encendidos unos trapos para que los demás puedan iluminarse y salir.

- ¿Para qué sirve esta luz? – Dice uno de los pobres diablos - ¿Qué podemos hacer con ella?

- ¡Comerla! – Dice "Hambriento".

- ¡Apagarla! – Dice "Oscuro".

- ¡Ay! ¡Me quemé! – Llora "Chamuscado".

- ¡Se extinguió! ¡Ahora seguimos oscuros!... Mi mente está oscura...

Tanteando, HUMANO da con una roca saliente: se trepa a ella y encuentra trapos de Cristina Dior y zapatillas "Ardidas" dejados por los roqueros cuando han descendido conducidos por las aberraciones de Matrona y las transformaciones de Michael Jackobson empeñados en crear hombres y mujeres a su imagen y semejanza.

Encuentra, además, muchos papeles dejados por escritores frustrados y literatos vendidos; sahumerios, velones y velas abandonados por religiosos sectarios y beatos ignorantes; carbones apartados por brujos y parapsicólogos; decretos, leyes, normas, ordenanzas, planes, proyectos, ensayos y libros producidos por bienintencionados inútiles. Con ello puede mantener el fuego, calentarse un poco y dejar velas encendidas.

También encuentra y come líquenes, hongos y raíces de plantas que se aferran a paredes y techos de la guarida.

Acá se mantiene un tiempo con algo de seguridad, calor y comida.

Los fantasmas y animales abismales se asoman de vez en cuando, pero no se atreven a penetrar en esta madriguera donde se oculta, porque siempre mantiene una pequeña fogata encendida.

Cada vez que se descuida o distrae le roban los alimentos. A veces recoge algunos y los deja a propósito para que los tomen y prueben y para que, quizás, se regeneren...

- Ya creo que soy altruista por regalar mis sobras... Por eso tal vez merezco un premio sacando un Kino millonario. Esta llama también me transforma en lo que quiero ser...

Prueba varias formas conocidas en la cueva pero ninguna le satisface. Quiere asumir las que obtenía El Más Mentiroso sin poder alcanzarlas y piensa:

- ¡Aún tengo un largo camino que recorrer para lograrlo!... En esta parte de la cueva me encuentro ahora con estas largas colas de ratas, chiripas, cucarachas, serpientes, escorpiones y muchas otras alimañas que penetran hacia las profundidades sufriendo transformaciones.

Asume esas imágenes y trata de imitarlos pero sin lograrlo:

- Me da la impresión de que en alguna de esas formas, en algún tiempo atrás, descendí... pero... sospecho que ninguna de esas apariencias se corresponde con mi Verdadero Ser... Me siento diferente por dentro pero afuera sigue reinando la negrura... Este cuero que me cubre, me pica ¡Tengo tantas llagas que me duelen!... Estoy lleno de pelos... ¡Y no me quitan el frío!... ¡Este rabo! ¡Estas uñas y éstos cuernos, puestos por mis acciones contra mi y los demás... ¡Son iguales a los que tiene el resto de La Humanidad poniéndoselas durante millones de años!... No se contar cuanto tiempo tengo aislado del resto del sub - mundo o a la defensiva sin descansar... Aún en esta parte... ¡Tengo que ocultarme!

Pelea con los habitantes de esta cueva para saciar su hambre y se agacha para descansar pero sus perseguidores no lo dejan. Les tira piedras y los mantiene lejos...

Al sentir que no puede dormir ni descansar en paz, en uno de tantos miles de años, se recuesta y, al estirar la pata, descubre una hendija. Escarba con garras y pezuñas y algo de tierra se desmorona.

Sigue perforando y logra abrir un hueco suficientemente grande por donde se introduce...

Descubre un recinto por donde se cuela un tenue rayo de luz... Espera oculto inspeccionando si esa chispa se convierte en otra cosa o si hay alguien guardándolo, pero nada pasa.

- ¿Qué es eso? ¡Ese fuego es diferente al que le quité al "Más Mentiroso"... ¡Y nadie lo está acaparando!

Sale de su escondrijo, se acerca a observar por primera vez: ¡Una chispa que arde pero no quema ni se transforma de inmediato en nada más!... pero... Produce transformaciones...

Pone su mano y percibe sombra cuando lo intercepta.

- ¡Ah! ¡Ya entiendo!... Abajo hay oscuridad y no se ve nada porque no llega la Luz. Al fuego le tienen miedo ¡No dejan que lo vean los que servirán de combustible para que nadie descubra todas las mentiras que hay!... ¡Ya comprendo! ... ¡Por eso se ven solamente las etiquetas y el fuego del último recinto!

La Luz le hace ver claro a uno ¡Ya soy clarividente! ¡Ya veo más claro! – dice sin saber que apenas está percibiendo un mínimo rayo de luz.

Se entretiene largo rato tratando de averiguar de donde viene esta luz y hasta dónde llega.

- Se cuela desde esas ramas amontonadas a un lado de esta parte donde me encuentro: Esa luz no necesita ser alimentada, chisporrotea alegremente y brilla sin que nadie la apague.

Al rato de estar espiando todo vuelve a quedar a oscuras. Busca por todos lados averiguando qué se hizo la refulgencia y no encuentra nada, después, vuelve a aparecer. Descubre que cada cierto lapso La Luz desaparece y surge periódicamente. Cada vez que aparece expresa:

- ¡A este destello lo llamaré alegría!... ¡Siento alegría por primera vez!... ¡Lo llamaré día, porque cada vez que sale siento que comienzo a vivir!... ¡Presiento que algo agradable me sucederá!... La Luz se va y vuelve la oscuridad; pero ya sé que aparece después de un rato. ¡Algún día tendré tanto fulgor para iluminar esta cueva que más nunca tendré oscuridad!... ¡Después de esa noche eterna surgió La Luz de un nuevo día! ¿De donde vendrá?... ¡Me acercaré al monte desde donde viene!... Para ponerle una etiqueta con su nombre y así podré dominarla.

Se acerca y nota que las zarzas ocultan la salida hacia otra cueva en penumbra; las ramas evitan que pase un rayo mayor que, filtrándose desde el exterior, ilumina un rincón.

Entra con dificultad por el estrecho pasadizo y allí encuentra más plantas que crecen con la claridad.

- ¡Ah! Es por ahí por donde ingresan insectos, alimañas y roedores... ¿De dónde vendrán? ¿Habrá un exterior? Tengo tanta hambre aún que requiero de un alimento que me sustente para siempre y no tener que pelear con nada ni con nadie para lograrlo.

Sin embargo, su pelea con las alimañas se hace continua por los nuevos alimentos.

Al agarrar estas plantas se pone a palparlas y mentalmente a saborearlas pero los animales se las quitan... Hasta que... ¡Por fin!... logra probarlas y expresa:
- ¡Que vaina tan sabrosa!...

Y acordándose del propósito de no actuar como los demás, rectifica decentemente...
- Bueno... ¡Tienen buen sabor!... ¡Se pueden comer!... ¡Esa chispa las hizo crecer! De aquí sacaremos alimento para todos, los sembraremos por todas partes... ¡Ya podremos calentarnos y preparar comida con fuego!... ¡Por todos los lugares llevaremos este rayo!... ¡Esta luz es creatividad! ¡Con ella se nutrirán los que viven en sombras, así como nos alimentamos ahora los de esta penumbra!... ¡Esa iluminación trae nuevas ideas!

Con papeles, ramas y trapos hace una fogata calentando este huequito. Aprende a vivir en comunidad con alimañas, que comen todo lo que encuentran, sin ligarse a ellas.

Cuando las alimañas intentan picarlo, no deja que se lo coman y les enciende una vela, mientras les dice:
- ¡He sido demasiado diablo para que un pobre bicho venga a perjudicarme!

Prepara una antorcha e ilumina tenuemente esta gruta y la oculta cerca del sitio donde se filtra el rayo.
- Aquí la antorcha no se nota, por lo cual no temo que la vayan a encontrar los de la oscuridad para apagármela.

Con el nuevo alimento, se le caen cuernos, rabo y pezuñas y comienza a caminar más erguido, con unas patas más parecidas a pies... Pero, aún conserva hombros caídos y cara hacia el suelo.

Regocijado por su descubrimiento, no se atreve a seguir ascendiendo ni quiere hacerlo solo. Corre a avisar a los etiquetadores dejando encendidas velas, teas y carbones por donde desciende de nuevo.
- ¡Así voy iluminándome al pasar y puedo regresar con muchos seguidores. ¡Seré su líder! ¡Los dominaré porque ya me las sé todas! ¡También seré un dominador! ¡Yuuuju!

LA LIBERACIÓN...

Coloca lámparas en alto para evitar que las apaguen los engendros - A quienes no siente desde hace un rato largo.

Se pone a buscarlos y los encuentra reunidos en un congreso donde cada uno trata de presentarse como el más importante según el tipo y tamaño de su etiqueta que señala su descubrimiento para dañar a los demás o las huellas dejadas para destruir...

- ¡Yo descubrí el carburo! – Manifiesta "Científico" pavoneándose - Inicié la producción de armas de guerra.

- Y yo inventé el agua hervida – Comenta "Premiado" - Está reverberando por allí, para cocinar a mis víctimas.

- Yo ideé las armas. ¡Soy quien las pide y usa! - Dice "Criminal".

- Yo concebí las parrandas, borracheras, drogadicción, comida enlatada, embutidos y refrescos gaseosos, cigarrillos y todos los vicios para destruir al cuerpo y evitar que algo bueno pueda manifestarse en ellos. - Explica "Borracho" - Poseo los depósitos de licores, bares, taguaras[7], billares y discotecas.

- Yo decreté las carreras de caballos, rifas, peleas de gallos, de personas y demás animales; calculé apuestas y legalicé loterías, casinos y juegos de azar para quitarle dinero a los pobres. - Habla orgulloso "Presidente" - Me asocié con "Corrupto" y dirigimos la producción de impuestos.

- Yo boto los eructos más grandes a la cara de los demás – Eructa "General".

- ¡Acaparamos todos los bienes de los demás! ... ¡Y nos nutrimos de ellos! - Dice "Rabipelao".

- Mientras más poseemos, mayores somos: Grandes demonios de esta sociedad! Tenemos montones de etiquetas que nos colocamos a conveniencia y hasta unas sobre otras - Ratifica "Rata Pelúa".

- Acaparamos alimentos y les ponemos precios, los encarecemos para enriquecernos a costa del hambre de los pobres - Aclara "Acaparador".

- Nos hacemos llamar doctores porque inventamos la pobreza de los demás y su miseria. - Dice "El Médico Asesino".

- Tenemos La Banca y nos sentamos en nuestros bancos a gozar con el dinero de otros. – Grita "Banquero".

- Gozamos de La Bolsa de Valores para juegos de azar más sofisticados y utilizamos a pobres bolsas para que exploten bombas en bolsas. – Afirma "Demoníaco". [8]

- Dominamos monopolios y nos unimos en oligopolio para reinar mejor. - Dicen los que tienen etiquetas de "Empresario".

- Somos los encargados de ponerle precio a todo. Aquí solo vale lo que para nosotros tiene valor. - Somos los más poderosos porque nos pertenecen los dueños de hoteles y moteles "Tirísticos" - Afirma "Don Chulo" - Somos los diablos con los cachos mayores; somos cachudos y cornudos.

- Ahí llevamos a todos los que quieren matar al amor fornicando, siendo infieles o vendiendo cuerpos. - Dice "Corneto"

- Vendemos jóvenes, prostituimos a los que encontramos, los convertimos en homosexuales y los confundimos ¿No es verdad "Ejeputivo"?.

Al asentir este último, "Don Chulo" comenta:

- ¡Ese es mi sucio!... ¡Ese es mi socio!

- Más diablos somos los que nos encargamos de robar Energía Vital a la gente y contradecimos todo, con ellos polemizamos, los angustiamos, no les creemos, los juzgamos, criticamos, culpamos y condenamos, nunca estamos de acuerdo con nadie, tumbamos gobiernos y acabamos con familias - Sonríe lúgubremente "Juez Maluco" – Aprendimos del mal ladrón.

- Más pomposos e importantes somos los que lo queremos todo; inventamos los deseos y los h hacemos desgraciados provocándolos con cosas muy caras que los esclavicen; concebimos los préstamos, fianzas y tarjetas de crédito para que puedan envidiarlo todo - Describe "Comerciante". - Aquí compramos las mentes de los que no pueden pagar para alimentarnos de ellos. Trabajamos con "Usurero" quien recauda esos cerebros que nos mantienen.

- Tenemos dominio sobre los demás y somos más opulentos porque hemos descubierto la permisería o lo que es lo mismo: ¡La Prohibición! Pedimos los requisitos y truncamos el paso a quien pretenda superarse; impedimos el progreso de los países y de los que no pertenecen a nuestra corporación o no se pliegan a nuestros requerimientos – Expresa "Damián".

- Hacemos fracasar a los demás y hacemos leyes que violamos a conveniencia, forjamos decretos, normas, gacetas, ordenanzas, reglamentos, constituciones, edictos y códigos. ¡Creamos el fracaso ajeno!... ¡Por eso somos los peores diablos! – Afirma "Profesional".

- ¡Queremos a los pobres! ¡Que todos sean pobres! ¡Mientras más pobres, más dominados estarán y siempre tendremos a quienes mandar!

- ¡Odiamos a los ricos porque nos hacen competencia! – Le dice "Diablo Barbudo Revolucionario" a "Petrodiablo Rojo Rojito".

- Ideamos las taquillas y colas para sacar licencias, permisos, venias, pagos, pases, consentimiento, contraseñas, aprobaciones, autorizaciones y otorgamos sanciones y castigos a los que no acepten nuestro mandato o no se "bajen de la mula"[9] – Asiente "Perito - Técnico - Castigador" - Gozamos un puyero[10] a costa de viejos jubilados y desempleados.

- Somos malísimos, satánicos y diabólicos – Ríe lúgubremente "Rector" - Inventamos las escuelas, liceos y universidades para introducir a nuestros incapaces, brutos e inexpertos a dar clases, para que aprendan a mandar y a dominar, apliquen lo aprendido aquí y reproduzcan nuestro infierno en todos los mundos.

- Los hacemos ingresar por concursos previamente ganados por los nuestros y así aprovechamos para descubrir y eliminar a los de experiencia, credenciales, vocación, credibilidad o talento para

143

que no cambien nuestro mediocre imperio de maldad. - Dice "Jurado".

- Nos encargamos de atacar hasta ablandar, derrocar, derribar y destruir a cuanta gente honesta haya. Somos los que calificamos o descalificamos a todos. - Asegura "Calificador" - Inventamos las notas y los exámenes. Los mejores son los de admisión, porque allí se estrellan todos los que están en contra nuestra.

- Yo hallé las excusas - Dice "Embustero" - Dirijo a los ineptos, soy el más excusado y recibo excrementos, me encargo de todas las porquerías, alegatos y justificaciones para evadir responsabilidades; omitimos lo que no somos capaces de decidir y nos siguen los acusadores.

- Forjamos la manipulación publicitaria y propaganda subliminal para introducir en los demás todo lo que nuestra podrida mente tiene – Expone "Irresponsable" - ¡Aprendimos de Pilatos!... Después les echamos la culpa a los demás, nos lavamos las manos en sangre y los introducimos en el satanismo para inducir a la violencia, al sexo desenfrenado, irresponsable y a la destrucción. Nos hacemos periodistas, porque lo hacemos periódicamente.

- Impedimos que se diga la verdad, que solo se hable de nosotros, y nos promocionen en todos los medios de comunicación de masas. Que cuenten los asesinatos que cometemos, reseñen la violencia que tenemos, las guerras y las estafas que hacemos.

- Así garantizamos que nos copiarán porque no tienen más ejemplo a seguir que el de nosotros. - Ríe "Satánico".

- ¿Acaso han visto un periódico que no sea amarillista? ¡Si a ellos los dirigimos nosotros! ¡Ahora lo hacemos mejor por televisión! ¡Ya hasta pornografía publicamos para atraer adeptos.

Continúan entre carcajadas y burlas a los ingenuos e inocentes que se dejan dirigir por ellos.

- Somos gigantescos y satánicos los que fomentamos guerras, hacemos pelear a la gente, dividimos a los que tratan de unirse, inventamos los divorcios y abortos, el rechazo a los hijos, odio entre hermanos, amigos, hijos y padres y entre vecinos. -

Pelea airado "Militar" - ¡Somos los que más metemos miedo!

Sus seguidores vocean en coro:

- ¡Destruimos gente!... ¡Somos la verdadera secta satánica!

- ¡Dividimos familias! Les enseñamos a imitarnos sexualmente.

- Inventamos las competencias deportivas y políticas ¡Todo tipo de contienda se debe a nosotros!... ¡De eso nos nutrimos!...

- ¡En guerras es donde obtenemos la mayor parte de nuestras medallas y galardones!

Ante un gesto del Militar, todos se callan y él continúa airado:

- Cuando sabemos que alguien importante va a nacer para unir a la gente o a hacer algo bueno, inculcamos en su madre odio y el deseo de asesinarlo: ellas se producen abortos y entonces sus hijos se convierten en engendros de los que nos gusta alimentarnos. Allí envío a mis ejércitos de células podridas como todos éstos increíbles diablillos que me siguen:

- Nos alojamos en el vientre de las fornicarias abortistas esperando sus fetos, masticamos su matriz, tragamos su placenta y les ocasionamos el cáncer que tiene un sabor exquisito.

- A toda costa evitamos que se enteren de que pudieron haber parido a un Ser Especial – Dice "Muérgano".

- Ignorándolo; ellas nos ayudan a inculcar odio en sus maridos, amantes, chulos y galanes... los hacemos presa de los celos, con deseos de matar y se vuelven infieles.

- ¡También traficamos con órganos de sus cuerpos! ¡Y hacemos bebés en probetas!... Para que no sean nacidos del Amor Puro sino de nuestra intervención... Así nunca nacerá el Ser que nos elimine. Ya inventamos los clones para fabricar a nuestro Dictador.

- Pero yo soy aprendiz de dictador y mando a los demás, impido que la gente se comunique, armo círculos de violencia, me ligo con presidentes hambreadores, guerrilleros y terroristas y multiplico la pobreza y la corrupción – Dice "Sátrapa".

- Yo inventé el egoísmo; aprendí del Más Mentiroso, quien repite constantemente: "Primero yo, Segundo yo, tercero yo y los demás ¡Qué se frieguen!".

- Interrumpe "Ególatra" - Actúo solo, me sirvo de todos y no doy nada a nadie, siendo ejemplo de imitadores y seguidores. Traiciono a todos y a mí mismo. Me vendo al mejor postor e impido la posibilidad de regeneración y Por dinero ¡Vendo a mi madre y a mi propio ser!

- Somos propietarios de medios de publicidad. ¡Informamos lo que nos conviene: ¡Violencia, sexo

desenfrenado, crímenes, problemas, guerras! –
Vocean los etiquetados - ¡Así los mantenemos
angustiados!

Por lo tanto: Este Congreso ha llegado a la
siguiente conclusión:

1. Que somos los más importantes porque
imponemos nuestras costumbres a los demás -
Quieran ellos o no.
2. Somos los más tenebrosos porque manejamos
todos los bienes, nos otorgamos premios unos a
otros y de esa manera nos aseguramos que siempre
seremos tomados en cuenta y temidos por los
ignorantes, los estúpidos, los etiquetados, los
mediocres y los no marcados...
3. Condicionamos y dirigimos a todo el mundo y
nadie puede contra nosotros y
4. Nadie debe agregar algo más porque no
escuchamos nada ni a nadie – Despotrica
"Coordinador".
- ¿Podría decirles algo? - Interrumpe HUMANO,
levantando la mano y sin esperar respuesta dice en
alta voz: - He descubierto que ahora pueden oírme
porque tengo etiqueta y he encontrado...

Es interrumpido:

- ¡Usted se calla! - Dicen a coro - No eres invitado ni participante de este Congreso. No eres importante, no hicimos tu etiqueta ni has pagado con sangre lo que cobramos por entrar.

- Quiero serles útil - Expresa HUMANO

- En este mundo inferior o infierno no vale nada ser útil ¡Tienes que ser importante y esa importancia la fabricamos nosotros: ¡Los dueños de las etiquetas!

- Asegura "Descalificador".

- Si Uds. dicen que eso es así ¡Eso es así! – Dice HUMANO – No entro en polémica ¡Para que se callen!.. ¡Doy la razón a los irracionales porque no la tienen!

Y se hace oír con la" fraseología de los congregantes para engañar a los tontos" expresando:

- Para su conocimiento y fines consiguientes y en función de la Organización Metodológicamente Planificada, cumplo con informarles lo siguiente:

1. Vengo desde la caverna más profunda

2. ¡He vencido al Más Mentiroso!... Lo dejé amarrado y ya no debemos temerlo.

3. No es un dragón; es una persona. Cambia de forma y se fusiona con cada uno para que no podamos encontrarlo ni escapar de él ya que lo

buscamos afuera y no adentro de cada uno de nosotros.

4. ¡También está en cada uno de ustedes!

5. Su fuerza y poder los obtiene del Fuego o Energía de la ciencia interior con ciencia superior: que nos roba y a ustedes cuando nos posee la pasión y se pierde la conciencia ¡Eso logré quitárselo!

6. Con ese fuego daremos calor a la cueva para no congelarnos...

- ¡Que se calle!... ¡Que se calle!... ¡Que se calle!... - Repiten como escolares los diablillos, mientras, sin hacer caso, HUMANO continúa:

7. Descubrí una centella que prende y apaga por períodos y alimentos que se pueden producir con ella.

8. Hallé la alegría de cambiar a voluntad y la salida de la cueva. En Conclusión: ¡Eso es lo más importante que se puede hacer para transformar este infierno en algo mejor! ¡Ah! La. Recomendación: Deben hacer lo mismo que hice para llevar la felicidad a todos.

- ¡Eso no importa! Acá nuestra carroña y excrementos nos mantienen... Así esperamos beber sangre que nos sacie cuando nos lleve más abajo la degeneración... ¡Nadie quiere tus alimentos!

- Tampoco queremos tu luz porque tenemos las etiquetas y el fuego nos puede quemar, aquí no necesitamos nada de eso.

- Cualquier comida la acaparamos para atragantarnos y saciar nuestra gordura – Demuestra "Goloso".

- Podemos iluminar la cueva ¡Palpen! ¡Ya no tengo rabo! ¡Ni pezuñas, ni cuernos!

- No podemos verte porque somos ciegos y dudamos que ni siquiera tu puedas saber como eres, además, ahora eres más feo que nadie ¡Estimen que cachos tan frondosos tengo! ¡Un rabo largo y peludo y una concha de coco bien negra y llena de mugre que me cubre! Si todos somos iguales ¿Cómo nos comeremos a otro? ¿Con quién podremos compararnos? Toca a tantos petrificados, si iluminamos ¿Cómo podremos diferenciarnos de los demás? ¿Qué haremos con las etiquetas y el material fosforescente? Si ya estamos acostumbrados ¿Qué produciremos? ¿Qué haremos con las máquinas que los técnicos han inventado para limar pezuñas y garras? ¡Ya construimos un sistema, dominamos este infierno y estamos acostumbrados a él! ¡Acéptalo tú también! - Explica "Cornudo"

- ¡Sean Uds. mismos, no se copien de otros! Sean individuales, no individualistas ni egoístas, busquen ser cada vez mejores que Uds. mismos no que los demás, sean su propio ejemplo para que puedan ser y cambie este horrible mundo. - Ruega HUMANO.

- ¿Acaso puedes cambiarlo? ¡Todo debe quedar igual! ¡Este es el desorden que hemos creado dentro del caos! ¡Esta es una revolución! Siente los gritos de dolor, admira las etiquetas, oye los ruidos y lamentos, toca nuestra roña, huele nuestra pudrición, prueba la sangre, la carroña, los excrementos ¿No notas que aquí disfrutamos de lo que tenemos? ¡Confórmate también! ¡No seas ambicioso y exigente! ¡Adáptate!

- Pero todos están tristes, lloran y se lamentan, ignoran lo que es la claridad, la alegría, la buena alimentación... Esa no es una verdadera revolución, porque todos son ignorantes. La Luz los hará felices y mejores; Ya ustedes tienen ventajas con relación a otros - Aunque para ello han hecho tanto daño – Pero con la iluminación y nuevos alimentos sanarán todos sin perjudicarse, sin ofensas ni estragos ¡Fíjense, ahora camino en dos patas! Descubrir La Luz me modificó y puedo percibir algo mejor, tal vez algunos lo deseen.

¡A lo mejor ellos quieren cambiar y mejorar!

- ¡Noooo! – Gritan los dirigentes, siendo seguidos por la mayoría.

- Aquí no estamos mejores sino los peores porque más dolor sufrimos, y causamos, no le paramos al dolor ajeno, nos quejamos hacia dentro para que no descubran nuestras limitaciones y debilidades y ataquen. - Dice "Psiquiatra".

- Si se modifican ¿Qué comeremos? ¿Quién trabajará para nosotros? ¿A quien esclavizaremos? Se volverán exigentes y no tendremos que comer, se producirán derrumbes y todos querrán cambiar la cueva hecha a imagen y semejanza de cada cual. - Expresa "Glotón".

- ¡Cállate o te ataremos para que no salgas a pregonar lo que has dicho! Sabes cosas que acá no interesan pero son muy peligrosas para este sistema infernal. Tu quieres hacer una revolución que no nos interesa porque es muy peligrosa para los violentos - Y cavilando, rascándose la barbilla "Rector" le dice:

- Debemos darte un buen sueldo y una etiqueta bien rimbombante para que nos obedezcas. Yo creo que lo que te gusta a ti es mandar a los demás...

- ¡Dale la de Ministro, Diputado, Gerente, Rector, Profesor, Profesional, Maestro, Superintendente,

Presidente o Dirigente para que dirija gente! -
Ordena "Catedrático". – Mejor... ¡Dale la de
"Psicópata"!
- ¡Dale mejor la de "Esquizofrénico"! – Grita
"Profesor"
- ¡Dale la de cualquier loco...! – Expresa
"Docente"
- Podrían ponerle la de Concejal o Senador. A lo
mejor solo quiere una jubilación prematura y
asegurarse buena remuneración sin trabajar –
Sugiere "Politiquero"
- Le daremos una de esas solo si nos garantiza que
no nos hará oposición o competencia, porque solo
los serviles e incompetentes deben tenerlas. -
Asegura "Rector" - ¡Dale contratos de proyectos y
construcción de cuevas, túneles, desorden, grutas y
cavernas para los nuevos diablos! – Demanda
"Contralor". – Nos dará comisión y porcentaje de
las ganancias, si no ¡No le pagamos!...
- Conocemos al soborno y podemos hacer cualquier
trato o pacto para que nos dé un porcentaje de la
riqueza - ¡Dale contratos que no se lleven a cabo
pero que se los paguen! ¡Así no tendrá que trabajar
y será como nosotros otra vez! - Manda
"Corrupto".

- No me comprarán con eso ¡Todos deben saber que existe La Luz! Ellos escogerán, deben tener la libertad de elegir si quieren ser diferentes. La sutil Libertad los hará ser mejores.

- Aquí son presos, libertarios o libertinos y no se conoce más libertad que la del pesado ropaje que tiene una antorcha de concreto.

- Si, la que adornada con corona imperial de guerras, fornicación, homosexualismo, y prostitución. Esa que ofrece sexo y drogas a todo el mundo incauto; es la única libertina que aceptamos.

- Si viene esa sutil dama que dices, la atraparemos, vendaremos y mantendremos atada a las columnas que sostienen esta parte de la cueva para que nos rinda culto y pleitesía y para usarla los que tenemos potestad y derecho de saberlo todo y dominar a los demás porque somos geniales – Dice "Libertario"

- La amarraremos a nuestras columnas para que no se mueva cuando estemos degenerando. - Sentencia "Libertino".

- ¡Aquí no puede hacer nada! ¡Será nuestra querida! ¡La violaremos entre todos! ¡Debe estar bien buena esa Libertad! ¡Ninguno la querrá para más nada! - Decide "Violador".

- Ya la están presentando como cantante semi desnuda moviendo las caderas... - Cuenta el "Chekiro".

- ¡Sí! ¡Nosotros la agarraremos! ¡Compártela, no seas maluco, no le diremos a nadie que nos diste tu libertad! ¡Prostitúyela con nosotros, te pagaremos bien!

- ¡Entonces, se los diré! ¡Así no entiendan! Aunque siga haciendo el ridículo los traeré hasta la chispa, les daré el fuego y que decidan.

La discusión se hace cada vez más acalorada y los gritos de los congregantes hacen que se acerque una multitud de engendros a averiguar lo que está sucediendo; muchos de ellos son los que vienen siguiendo la trayectoria de HUMANO repitiendo cada paso que da y haciendo lo que éste hace desde que se descubrió a sí mismo. Sin embargo, por la discusión, a HUMANO se le olvida probar lo que dice y mostrar el fuego que le arrebató al "Más Mentiroso"

- ¡Aquí deciden los más mentirosos y no eres tú quien debe decirnos lo que haremos! – Expresa "Gritón".

- ¡Quiere hacernos daño y ser útil! - Grita "Inútil"

- ¡Quiere destruirnos! ¡Esa es la revolución de verdad! ¡Debemos destruirlo antes de que lo haga con nosotros! - Clama "Destructor"

- No queremos a los redentores de su mundo, revolucionarios ni libertadores de su energía atrapada - Se burla "Anormal".

- ¡Pongámosle etiqueta de "Loco"! – Insulta "Loquero".

- ¡Quiere cambiar el infierno e iluminarlo! ¡Libertar a las almas que tenemos atrapadas! – Se desgañita "Cabecilla".

- No quiero dominar ni destruir a nadie... lo único que quiero es no ser dominado, ni eliminado por ustedes ni por ninguno y librarme, liderarme y redimirme a mí mismo.

- ¡Quítenle esa etiqueta que el mismo se hizo y pónganle la de "Revolucionario", "Redentor", o "Libertador" - **Grita "Terrorista" clavándosela en manos y pies.**

- ¡Es un Mesías!... ¡Crucifíquenlo! ¡Crucifíquenlo!.

- ¡Es un Quijote!... ¡Amárrenlo que está loco!...

- ¡Es un Libertador!... ¡Traiciónenlo!... ¡Envenénenlo!...

Exclama a gritos la turba de bestias enfurecidas que se le tira encima tratando de atraparlo, siendo tal la confusión, que se agarran unos a otros sin atinarlo.

La Luz y El fuego le han dado enormes fuerzas que salen de adentro y mientras sus seguidores están dándose patadas, pellizcos, mordiscos y dentelladas.

Saca la espada de su etiqueta luchando con grandes esfuerzos hasta escapar de sus captores.

Huye trepando por rocas, colgándose de piedras salientes por donde antes había pasado y apoyándose en hendiduras y resquicios. Asciende por los túneles del subterráneo dirigiéndose hacia donde había dejado velas. Llega al sitio donde dejó prendida la antorcha con el fuego robado al dragón.

La Pereza detiene a los que le persiguen dificultándoles continuar.

- ¡Pongan la etiqueta designada para él en el sitio por donde escapó! - Expresa "Vicioso".

- ¡Queda prohibido usar el nombre que él mismo se puso!... - Sentencia La Ira aclamada por La Rabia y La Furia.

- ¡Quién use esa marca sufrirá severos castigos! - Dice "Verdugo".

- ¡No serán peores que los que ya tienen!... – Se percibe a lo lejos la voz de HUMANO gritar -

¡Están tan acostumbrados a las mentiras que no reconocen La Verdad!

Otra voz se oye muy cerca: en medio de todos ellos:

- ¿Y si es cierto lo que dijo?... ¿Por qué no seguimos su ejemplo?

Aquella voz retumba en ultra - tumba seguida de un sepulcral silencio. Todos comienzan a alejarse para no ser identificados con el que habló y vayan a castigarlos... Algunos, toman el camino que sigue HUMANO sin que se den cuenta los demás. Van los que quieren salir y lo toman de modelo. Al quedarse solamente los "expertos" dicen:

- Tenemos el material fosforescente, por eso nos temen y podemos dominarlos; si La Luz penetra hasta acá nadie podrá acapararla y hacerse su dueño, entonces perderemos importancia y prestigio. - Afirma "Potentado" - Porque todos tendrían Luz.

- Es peligroso cada vez que viene por acá alguien como él tratando de iluminarnos - Expresa "Lúgubre" - Nadie debe dejar que vuelva gente como él.

- De eso se encargan las religiones; para hacerles creer que no es posible ser y que solo uno fue... Que no sepan que... ¡Cada uno es! Y que todo el que se lo proponga puede eliminarnos... - Habla "Condenador".

- ¡Tenemos que protegernos con la maldad para que nadie sea!

- Discutamos sobre lo que se hará con relación a lo planteado por Ese Tipo. – Dice "Jefe".

- ¡Vamos a matarlo! – Alega "Criminal".

- ¡Aprésenlo! – Sentencia "Juez Maluco".

Algunos, rezagados dicen en voz baja:

- ¡Vamos a seguirlo! – Susurra "Casi Loco".

- ¡Tenemos que impedir que sirva de ejemplo! – Expresa "Rector".

No se ponen de acuerdo y discuten largo tiempo, hasta que llega "Lambucio" con una pancarta hecha con varias etiquetas y la coloca en medio del grupo.

- ¿Por qué no ponen esto en el laberinto donde se encuentra?

- Haremos una fiesta para dar un premio por su aporte a "Lambucio". Yo decido por los que no se ponen de acuerdo.

Y "Constructor" agarra la pancarta y la muestra, la cual tiene la siguiente advertencia:

LIBERTADOR DE SI MISMO
PROHIBIDO ENTRAR
QUIEN USE ESTA SEÑAL O PASE POR
ESTE SITIO
INMEDIATAMENTE SE DESINTEGRA
YA HUMANO LO HIZO
Y NO SE SUPO MÁS DE ÉL

- Sellemos el sitio donde está ese tipo y así evitaremos que entre La Luz - Grita "Dictador" – No nos tendremos que enfrentar a los que sigan su ejemplo y quieran modificar este infierno donde estamos mandando.
- ¡Tratemos de sellar la cueva por donde HUMANO se alejó, colocándola! – Manda "Ingeniero".
- ¡Yo no haré nada! - Dice "Holgazán" - ¡Qué vaya otro!

"Dictador" ordena a "Presidente", éste a "Ministro", "Ministro" a "Director" quien pasa la orden a "Gerente", él la da a "Jefe" quien la transfiere a "Titular", éste ordena a "Capataz"; él a "Flojo", "Flojo" manda a "Contratista" Contratista busca los más baratos y peores materiales y delega el trabajo a "Incapaz". Mientras discuten sin

161

ponerse de acuerdo, una serie de los pobres diablos siguen a HUMANO.

¡Por fin! "Incapaz", con una cuadrilla de incapaces inicia el trabajo dejándolo sin terminar y mal hecho, permitiendo que por allí se sigan escapando los que quieren salir.

Ya, en el umbral, HUMANO se mantiene, por un tiempo, comiendo champiñones y plantas.
Aprende a utilizar el fuego cocinándolas para variarles el sabor, hace una pequeña fogata y trata de calentarse pero se quema; amaina un poco su frío.
Sus seguidores no lo dejan descansar y lo puyan.
- Dirígenos – Dice "Alumbrao" - Di lo que tenemos que hacer y lo haremos…
- Queremos que seas nuestro líder – Pide tímidamente "Sumiso".
- Queremos seguirte en todo lo que tu quieras – Continúa "Muertico".
Ya convencido de no poder descansar ahí, se levanta y les dice:
- Abajo, querían ser dirigidos por etiquetadores y etiquetados y ya saben a donde los condujeron. No deben dejarse dirigir por nadie sino por su propio

aprendizaje. ¿Qué pasaría si yo los quisiera enviar a un abismo?

- ¡Puedes hasta drogarnos! - Se asusta "Asustado"

- ¡O matarnos! – Se asombra "Enterrado"

- ¡O prostituirnos! – Goza "Putica"

- Lo peor que uno puede hacer es dirigirle la vida a otro ¡Sigue al rayo de luz! ¡Sigue los latidos de tu corazón! ¡Sigue tu inspiración! ¡Sigue tu intuición!... Ustedes no podrán seguirme a donde voy... A menos que decidan ser cada vez mejores que ustedes mismos, sin competir contra otros sino con ustedes mismos...

Se dirige al exterior siguiendo al rayo de luz, con la antorcha que había encendido.

No cabe por el hueco donde entran las alimañas y escarba hasta ponerlo a su medida. Para salir separa unas ramas y el resplandor exterior es tan intenso que lo deslumbra enceguéciendolo totalmente.

Ya afuera, recibe un latigazo en pleno rostro. No sabe de donde le viene el golpe pero por instinto de conservación trepa, huyendo por la montaña, mientras oye ladridos de perros furiosos y voces que gritan:

- ¡Pecado! ¡Pecado! ¡HUMANO hizo lo prohibido! ¡Hay que agarrarlo!

- ¡Acusémoslo como culpable! ¡Se ha escapado de la cueva!

- ¡Crucifíquenlo! ¡Crucifíquenlo! – Grita la turba

- ¡Culpable! ¡Culpable! ¡Culpable! - Repiten los alaridos de una multitud.

- ¡Agárrenlo! ¡Síganlo! - Vocea "Maluco".

- Que La Acusación, El Juicio y La Condena lo persigan para encadenarlo y devolverlo al abismo más profundo por ser muy peligroso! – Dice "Sicario".

- ¡Un diablo se escapó del infierno! ¡Agárrenlo! ¡Crucifíquenlo! - Chilla "Endiablado".

- ¡Traigan millones de personas para contrarrestar esa pérdida! ¡Los demás tendrán que pagar por eso!... – Sentencia "Maula"

- ¡Busquen roqueros, riferos, escandalosos, malandros, odiosos, ladrones, asesinos, y a todos los que inducimos a imitar a los de la cueva para equilibrar esa salida ¡Traigan fanáticos! - ¡Traigan muchos fanáticos! - Solicita "Golpeador" – ¡Fanáticos de lo que sea!

-¡Sí! ¡Fanáticos! ¡Esos no piensan! ¿Son asesinos de su Ser! ¡Traigan muchos de esos!

- ¡Búsquenlos en los conciertos!- Grita "Roquero".

- ¡En los estadios!- Maldice "Deportista"

- ¡En los partidos políticos! – Despotrica "Dirigente"

- ¡En las religiones! – Protesta "Talibán"

- ¡Destrúyanlo! ¡Nadie puede escapar del infierno! ¡Eso es la verdadera revolución! – Dirige "Destructor". - ¿Será que se fue con esa? ¿Es esa La Libertad?

- ¡Otros querrán hacer lo mismo! ¡No lo dejen escapar! - Vocifera" Bicho" - ¡La Libertad no existe!

- ¡El Infierno debe ser eterno! - Se queja "Infernal". – HUMANO no puede ser Libertador ni Libertado

- ¡Síganlo! ¡Síganlo! ¡Persíganlo! ¡Que no escape! – Grita "Seductor".

- ¡Agárrenlo cuando descanse! – Maquina "Cansancio".

- ¡Espérenlo que ya se quedará dormido! – Dirige "Hipnotizador".

- ¡Búsquenlo por todas partes! ¡No lo dejen descansar! – Busca y rebusca "Minero" Mientras los dominadores lo persiguen

Otros, quienes han seguido su ejemplo, logran también escapar, siendo perseguidos igualmente.

- ¡Quítenle el Fuego! ¡Quítenle El Fuego! - Implora "Fogoso".

HUMANO trata de abrir los ojos pero no soporta el ardor producido por el encandilamiento del exterior.

Se le tira encima una multitud. Pero acostumbrado a vivir ciego y a defenderse; como puede se zafa de sus captores, pero le quitan la antorcha y con ella le queman la cara. Habituada al dolor; ¡Su endurecida piel soporta la quemadura!

Lucha contra el tumulto y logra quitárselos de encima.

- ¡De algo me ha servido luchar contra seres infernales! – Piensa.

Habiendo perdido la antorcha, saca desde su etiqueta la espada de Fuego que tiene en su interior.

Sin volver atrás agita el estoque para defenderse e instintivamente busca ascender y sigue con gran esfuerzo por la empinada cuesta.

Cómo no ve por donde anda, va blandiendo su espada fogosa y provoca un gran incendio detrás de sí ¡Todo queda prendido a su paso! Arden los árboles, El mismo queda envuelto en llamas y, retorciéndose del dolor, está a punto de sucumbir, cuando escucha de nuevo a sus perseguidores.

Corre desesperado y queda lleno de llagas cuando se le derriten varias de las chapas que se le pegaron en el infierno cuando no sabía quien era y andaba buscando etiquetas.

Crepitando se revuelca y rueda tratando de apagar las llamas... Los que le hostigan no pueden atraparlo mientras está prendido, pero lo golpean hasta agotarse.

Al dominar las llamas del cuerpo, corre hacia arriba esgrimiendo la espada a diestra y siniestra. Así mantiene a distancia a los secuaces que lo siguen. Provoca un inconmensurable incendio al tocar las plantas secas que bordean la montaña.

Intenta abrir los ojos pero... ¡tantos años ciegos no pasan en balde!... Tan solo ha percibido la escasa iluminación de las etiquetas y aún, el fuego, no lo distingue bien por conocerlo desde hace muy poco tiempo.

El mismo Instinto de conservación lo impulsa a seguir subiendo apoyándose en cada piedra saliente, como que fueran los peldaños de una escalera hacia la libertad. Cada vez la distancia que lo separa de la cueva es mas grande mientras asciende hasta alcanzar la cima. El incendio que ha producido lo protege impidiendo pasar a sus perseguidores...

- ¡Bueno! Al salir del infierno se acaban las penas de HUMANO – suspira cansado Hourus.
- Pero sale todo quemado; le debe doler mucho el cuero – refuta Abraham.
- No pasará más hambre porque en La Tierra hay comida y yo también ya tengo hambre – dice Aarón.
- Abuela ¿se acabaron los diablos? ya se está haciendo oscuro y tengo mucho miedo.
- No te preocupes José Ángel que en esta casa no entran los diablos y si llegan, no se quedarán porque todos ustedes sacarán sus espadas y acabarán con ellos
- Yo no tengo espada... – expresa haciendo pucheros.
- El abuelo les tiene una sorpresa. Corran a recibirlo que él me dijo que les traería algo de la ciudad.

Los niños salen en tropel a recibir al abuelo quien le entrega a cada uno espadas plásticas de diferentes modelos. De inmediato ellos se ponen a jugar peleando con fantasmas imaginarios:
- Toma mala pécora ¡tú eres un desperfecto!
- Muere malvado defecto
- Quítate de aquí mala costumbre
- ¡Fuera!... ¡Descompuesto!

Dice el más pequeñito cayéndole a golpes al tractor descompuesto mientras los demás ríen.

El abuelo, con la mano puesta en el hombro, se lleva a Jheshua hacia el granero, le da una brillante navaja y en la entrada recoge un listón de madera; al entregárselo le dice:

- Ya tienes edad para hacer tu propia espada, así que ahora fabricaremos una.

- Abuelo ¿Qué hizo HUMANO después de salir de la cueva?

- Esa parte de la historia del Ser HUMANO, la contará mañana tu abuela...

GLOSARIO...

1.- Música Vallenata: Típica del Valle de Colombia.

2.- Marca comercial de líquido para destapar cañerías.

3.- Juego de lotería con premio millonario de lotería.

4.- Nombrarle la madre a alguien en forma insultante.

5.- Bromistas, tomadores de pelo, quienes hacen chistes de otros y se burlan de ellos.

6.- A los que les gustan los líos, embrollos y chismes.

7.- Ventorrillo donde se reúnen los borrachos.

8.- Personas ligadas a la Bolsa de Valores lo hicieron.

9.- "Bajarse de la mula": pagar, cancelar con dinero en efectivo.

10.- Un montón, bastante.